미당 서정주 전집

1

시

* 이 도서의 국립중앙도서관 출판예정도서목록(CIP)은 서지정보유통지원시스템 홈페이지
(http:seoji.nl.go.kr)와 국가자료공동목록시스템(http://www.nl.go.kr/kolisnet)에서
이용하실 수 있습니다. (CIP제어번호: CIP2015015182)

미당 서정주 전집

1

시

화사집

·

귀촉도

·

서정주시선

·

신라초

·

동천

·

서정주문학전집

은행나무

'나를 키운 건 팔할이 바람이다'

18살 무렵 친구들과(뒷줄 왼쪽이 서정주)

중앙불교전문학교 재학 시절

『화사집』 출간 무렵

『시인부락』 동인 이용악(왼쪽)과

전라북도 고창군 부안면 선운리 578번지 생가

정읍 처가에서 올린 결혼식(1938)

모친 김정현 여사

결혼 직후 처가 가족들과 함께

공덕동 집 마당에 김장독을 묻으며(1967)

공덕동 집에서 큰아들 승해와(1950)

17년 터울의 둘째 아들 윤과

「내리는 눈발 속에서는」 자필 원고

「무등을 보며」 자필 원고

발간사

　미당 서정주 선생의 탄신 100주년을 맞이하여 선생의 모든 저작을 한곳에 모아 전집을 발간한다. 이는 선생께서 서쪽 나라로 떠나신 후 지난 15년 동안 내내 벼르던 일이기도 하다. 선생의 전집을 발간하여 그분의 지고한 문학세계를 온전히 보존함은 우리 시대의 의무이자 보람이며, 나아가 세상의 경사라 하겠다.

　미당 선생은 1915년 빼앗긴 나라의 백성으로 태어나셨다. 우울과 낙망의 시대를 방황과 반항으로 버티던 젊은 영혼은 운명적으로 시인이 되었다. 그리고 23살 때 쓴 「자화상」에서 "나를 키운 건 팔할이 바람이다"라고 외쳤고, 이어서 27살에 『화사집』이라는 첫 시집으로 문학적 상상력의 신대륙을 발견하여 한국문학의 역사를 바꾸었다. 그 후 선생의 시적 언어는 독수리의 날개를 달고 전통의 고원을 높게 날기도 했고, 호랑이의 발톱을 달고 세상의 파란만장과 삶의 아이러니를 움켜쥐기도 했고, 용의 여의주를 쥐고 온갖 고통과 시련을 지극한 아름다움으로 바꾸어 놓기도 했다. 선생께서는 60여 년 동안 천 편에 가까운 시를 쓰셨는데, 그 속에 담겨 있는 아름다움과 지혜는 우리 겨레의 자랑거리요, 보물이 아닐 수 없다. 선생은 겨레의 말을 가장 잘 구사한 시인이요, 겨레의 고운 마음을 가장 잘 표현한 시인이다. 우리가 선생의 시를 읽는 것은 겨레의 말과 마음을 아주 깊고 예민한 곳에서 만나는 일이 되며, 겨레의 소중한 문화재를 보존하는 일이 된다.

미당 선생께서 남기신 글은 시 아닌 것이라도 눈여겨볼 만하다. 선생의 문재文才와 문체文體는 유별나서 어떤 종류의 글이라도 범상치 않다. 평론이나 논문에는 남다른 통찰이 번뜩이고 소설이나 옛이야기에는 미당 특유의 해학과 여유 그리고 사유가 펼쳐진다. 특히 '문학적 자서전'과 같은 산문은 문체를 통해 전달되는 기미와 의미와 재미가 풍성하여 미당 문체의 진미를 맛볼 수 있다. 미당 문학 가운데에서 물론 미당 시가 으뜸이지만, 다른 글들도 소중하게 대접받아야 할 충분한 까닭이 있다. 『미당 서정주 전집』은 있는 글을 다 모은 것이기도 하지만 모두 소중해서 다 모은 것이기도 하다.

미당 선생 생전에 『서정주문학전집』이 일지사에서, 『미당 시전집』이 민음사에서 간행된 바 있다. 벌써 몇십 년 전의 일이다. 오늘의 관점에서 보면 그 책들은 수록 작품의 양이나 정본의 측면에서 아쉬움이 많다. 지난 몇 년 동안, 본 간행위원회에서는 온전한 전집을 만들기 위해서 많은 수고를 아끼지 않았다. 서고의 먼지 속에서 보낸 시간도 시간이지만 여러 판본을 두고 갑론을박한 시간도 만만치 않았다. 특히 미당 시의 정본을 확정하고자 미당 선생의 시작 노트나 육성까지 찾아서 참고하고 원로 문인들의 도움도 구하는 등 번다와 머뭇거림을 마다하지 않았다. 참으로 조심스러운 궁구를 다하였으니, 앞으로 미당 시를 인용할 때 이 전집에 의존하는 경우가 점점 많아지기를 바랄 뿐이다.

한편으로, 미당 전집의 출간은 두려운 일이다. 그것은 미당 선생의 모든 작품을 제대로 보여 준다는 형식적 의미를 지니기 때문이다. 세상에 어떤 전집이 있어 미당 선생의 모든 작품을 제대로 보여줄 수 있을 것인가? 우리에게도 그것은 현실이 못되고 희망이겠지만 그래도 우리는 그 희망에 최대한 가까이 가고자 했다. 우리가 그 희망에 얼마만큼 근접했는지는 앞으로의 세월이 증명해 줄 것이다. 다만 지금으로서는 지극한 정성과 불안한 겸손이 우리의 몫일 따름이다.

마지막으로 감히 말하건대, 우리는 미당의 전집 간행을 긍지와 사명감으로 하고자 했다. 우리는 미당을 통해서 이 세상에는 아주 특별한 것이 아주 드물게 존재함을 알게 되었다. 그리고 그 특별하고 드문 것을 우리 손으로 정리해서 한곳에 안정시키는 일에 관여하는 기쁨을 누렸다. 우리의 기쁨이 보람이 있어 세상의 기쁨이 된다면 그 기쁨은 곱이 될 것이다. 아니 그보다 미당의 문학이 이 세상에서 제 몫의 대접을 받게 된다면 우리는 사필귀정事必歸正이라는 네 글자를 진리로 받들면서 더 큰 기쁨을 누릴 것이다.

미당 선생 탄생 100주년이 되는 해의 유월에
미당 서정주 전집 간행위원회

이남호, 이경철, 윤재웅, 전옥란, 최현식

차례

제4시집 신라초新羅抄

일러두기

1. 이 시 전집은 서정주 시(950편)의 정본을 확정하고자 한다. 『화사집』(남만서고, 1941) 『귀촉도』(선문사, 1948) 『서정주시선』(정음사, 1956) 『신라초』(정음사, 1961) 『동천』(민중서관, 1968) 『서정주문학전집』(일지사, 1972) 『질마재 신화』(일지사, 1975) 『떠돌이의 시』(민음사, 1976) 『서으로 가는 달처럼…』(문학사상사, 1980) 『학이 울고 간 날들의 시』(소설문학사, 1982) 『안 잊히는 일들』(현대문학사, 1983) 『노래』(정음문화사, 1984) 『팔할이 바람』(혜원출판사, 1988) 『산시』(민음사, 1991) 『늙은 떠돌이의 시』(민음사, 1993) 『80소년 떠돌이의 시』(시와시학사, 1997)를 저본으로 삼았다.

1-1. 『서정주시선』에 재수록된 『화사집』과 『귀촉도』의 작품은 『서정주시선』 본을 기준으로 삼았다.

1-2. 『서정주문학전집』 '신라초'에 추가된 4편을 이번 전집에 포함했다. 시집 『질마재 신화』 2부 '노래'에 실린 12편은 이 전집의 『질마재 신화』에서 제외하고 『노래』에 수록했다. 『80소년 떠돌이의 시』는 시집 2판(2001년)에 추가된 3편을 포함했다.

2. 판본마다 표기가 다른 경우, 첫 발표지와 초판 시집, 『서정주시선』 『서정주문학전집』 『서정주육필시선』(문학사상사, 1975), 시작 노트 등을 종합 비교하여 시인의 의도가 가장 잘 반영된 것으로 보이는 표기를 선택했으며, 시인이 직접 교정한 것이 확실한 경우 반영하고 편집자주를 달았다.

3. 원문의 세로쓰기는 가로쓰기로 바꾸었으며, 띄어쓰기는 특별한 경우가 아니면 현대 표기법에 따랐다. 한자는 한글로 바꾸고 뜻의 파악을 위해 필요한 경우에만 함께 적었다.

4. 작품의 소릿값 존중을 원칙으로 하되, 소리의 차이가 없는 경우 표준어로 바꾸었다.

5. 미당 특유의 시적 표현(사투리, 옛말 등)은 살리고, 한글 맞춤법 통일안에 어긋난 표기와 명백한 오·탈자는 바로잡았다.

6. 외국의 국명·지명·인명은 외래어 표기법에 따르지 않고 시인의 표현을 그대로 따랐다.

7. 원본 시집의 각주는 •로 표시했고, 그 외는 편집자주라고 밝혔다.

8. 단행본과 잡지 제목은 『 』, 시와 소설은 「 」, 노래, 그림, 연극 등은 〈 〉로 표기하였으며, 신문명은 부호를 넣지 않았다.

9. 시집에 실린 자서, 후기, 시인의 말, 머리말은 '시인의 말'로 통일하여 각 시집 편 맨 앞에 넣었다.

10. 부록으로 서정주 연보는 제3권, 작품 연보는 제4권, 수록시 총색인은 제5권에 수록했다.

제1시집

화사집 花蛇集

『화사집』은 100부 한정판으로 간행했다.
1~15번까지는 저자 기증본,
16~50번까지는 특제본,
51~90번까지는 병제본,
91~100번까지는 인행자 기증본이다.

자화상

자화상

애비는 종이었다. 밤이 깊어도 오지 않았다.
파뿌리같이 늙은 할머니와 대추꽃이 한 주 서 있을 뿐이었다.
어매는 달을 두고 풋살구가 꼭 하나만 먹고 싶다 하였으나……
흙으로 바람벽한 호롱불 밑에
손톱이 깜한 에미의 아들.
갑오년이라든가 바다에 나가서는 돌아오지 않는다 하는 외할아
버지의 숱 많은 머리털과
그 크다란 눈이 나는 닮았다 한다.

스물세 해 동안 나를 키운 건 팔할이 바람이다.
세상은 가도 가도 부끄럽기만 하드라.
어떤 이는 내 눈에서 죄인을 읽고 가고
어떤 이는 내 입에서 천치를 읽고 가나
나는 아무것도 뉘우치진 않을란다.

찬란히 티워 오는 어느 아침에도
이마 우에 얹힌 시의 이슬에는
몇 방울의 피가 언제나 섞여 있어

볕이거나 그늘이거나 혓바닥 늘어트린
병든 숫개마냥 헐떡어리며 나는 왔다.

* 이 작품은 작자가 23세 되던 1937년 중추仲秋에 지은 것이다.

화사

화사花蛇

사향麝香 박하薄荷의 뒤안길이다.

아름다운 배암……

을마나 크다란 슬픔으로 태여났기에, 저리도 징그라운 몸뚱아리냐

꽃다님 같다.

너의 할아버지가 이브를 꼬여내든 달변의 혓바닥이

소리 잃은 채 낼룽그리는 붉은 아가리로

푸른 하눌이다. ……물어뜯어라. 원통히 물어뜯어,

달아나거라. 저놈의 대가리!

돌팔매를 쏘면서, 쏘면서, 사향 방촛길 저놈의 뒤를 따르는 것은

우리 할아버지의 안해가 이브라서 그러는 게 아니라

석유 먹은 듯…… 석유 먹은 듯…… 가쁜 숨결이야

바늘에 꼬여 두를까 부다. 꽃다님보단도 아름다운 빛……

크레오파트라의 피 먹은 양 붉게 타오르는
고은 입설이다…… 스며라! 배암.

우리 순네는 스물 난 색시, 고양이같이 고은 입설…… 스며라! 배암.

문둥이

해와 하늘빛이
문둥이는 서러워

보리밭에 달 뜨면
애기 하나 먹고

꽃처럼 붉은 울음을 밤새 울었다

대낮

따서 먹으면 자는 듯이 죽는다는
붉은 꽃밭 새이 길이 있어

핫슈 먹은 듯 취해 나자빠진
능구렝이 같은 등어릿길로,
님은 달아나며 나를 부르고……

강한 향기로 흐르는 코피
두 손에 받으며 나는 쫓느니

밤처럼 고요한 끓는 대낮에
우리 둘이는 왼몸이 달어……

* 핫슈 : 아편의 일종.

맥하麥夏

황토 담 너머 돌개울이 타
죄 있을 듯 보리 누른 더위—
날카론 왜낫 시렁 우에 걸어 놓고
오매는 몰래 어디로 갔나

바윗속 산되야지 식 식 어리며
피 흘리고 간 두럭길 두럭길에
붉은 옷 닙은 문둥이가 울어

땅에 누어서 배암 같은 계집은
땀 흘려 땀 흘려
어지러운 나—ㄹ 엎드리었다.

입맞춤

가시내두 가시내두 가시내두 가시내두
콩밭 속으로만 자꾸 달아나고
울타리는 마구 자빠트려 놓고
오라고 오라고 오라고만 그러면

사랑 사랑의 석류꽃 낭기 낭기
하누바람이랑 별이 모다 웃습네요
풋풋한 산노루 떼 언덕마닥 한 마리씩
개구리는 개구리와 머구리는 머구리와

굽이 강물은 서천西天으로 흘러나려……

땅에 긴긴 입맞춤은 오오 몸서리친,
쑥니풀 질근질근 이빨이 히허옇게
짐승스런 웃음은 달더라 달더라 울음같이 달더라.

가시내

눈물이 나서 눈물이 나서
머리 깎어 늘이여도 능금만 먹고퍼서
어쩌나…… 하늬바람 울타리한 달밤에
한 지붕 박아지꽃 허이옇게 피었네.
머언 나무 닢닢의 솥작새며, 벌레며, 피리 소리며,
노루 우는 달빛에 기인 댕기를.
산 봐도 산 보아도 눈물이 넘쳐나는
연순이는 어쩌나…… 입술이 붉어 온다.

* 편집자주―미당의 주요 시어인 '솥작새'는 솟작새, 솥작새, 소쩍새 등 시집에 따라 다양하
게 표기되어 있는데 이 전집에서는 '솥작새'로 통일한다.―〈솥작새라는 새가 "솥작다 솥작
다"하고 울면 '솥이 작어 걱정일 만큼 농사가 풍년이 들고' "솥쿵 솥쿵" 2음절로만 울면 그건
'솥만 너무 크고, 거기 담을 양식이 적다는 뜻이니 흉년이 든다'는 속담이 전라도 농촌에서
는 전해져 오고 있다〉(시작 노트).

도화도화桃花桃花

푸른 나무 그늘의 네 거름길 우에서
내가 볼그스럼한 얼굴을 하고
앞을 볼 때는 앞을 볼 때는

내 나체의 에레미야서
비로봉毘盧峰상의 강간 사건들.

미친 하눌에서는
미친 오픠이리아의 노랫소리 들리고

원수여. 너를 찾어가는 길의
쬐그만 이 휴식.

나의 미열微熱을 가리우는 구름이 있어
새파라니 새파라니 흘러가다가
해와 함께 저물어서 네 집에 들리리라.

와가의 전설

속눈섭이 기이다란, 계집애의 연륜은
댕기 기이다란, 붉은 댕기 기이다란, 와가瓦家 천년의 은하 물굽이……
푸르게만 푸르게만 두터워 갔다.

어느 바람 속에서도 부끄러운 열매처럼 부끄러운 계집애.
청사靑蛇.
뽕나무에 오디개 먹은 청사.
천동天動 먹음은,
번갯불 먹음은, 쏘내기 먹음은,
검푸른 하늘가에 초롱불 달고……

고요히 토혈하며 소리 없이 죽어 갔다는 숙淑은,
유체 손톱이 아름다운 계집이었다 한다.

노래

수대동水帶洞 시

흰 무명옷 갈아입고 난 마음
싸늘한 돌담에 기대어 서면
사뭇 숫스러워지는 생각, 고구려에 사는 듯
아스럼 눈 감었든 내 넋의 시골
별 생겨나듯 돌아오는 사투리.

등잔불 벌써 키여지는데……
오랫동안 나는 잘못 살었구나.
샤알 보오드레-르처럼 섧고 괴로운 서울 여자를
아조 아조 인제는 잊어버려,

선왕산 그늘 수대동 14번지
장수강 뻘밭에 소금 구어 먹든
증조할아버지 적 흙으로 지은 집
오매는 남보단 조개를 잘 줍고
아버지는 등짐 설흔 말 졌느니

여기는 바로 십 년 전 옛날

초록 저고리 입었든 금녀, 꽃각시 비녀 하야 웃든 삼월의
금녀, 나와 둘이 있든 곳.

머잖어 봄은 다시 오리니
금녀 동생을 나는 얻으리
눈섭이 검은 금녀 동생
얻어선 새로 수대동 살리.

봄

  복사꽃 피고, 복사꽃 지고, 뱀이 눈 뜨고, 초록 제비 묻혀 오는 하늬
바람 우에 혼령 있는 하눌이여. 피가 잘 돌아…… 아무 병도 없으면 가
시내야. 슬픈 일 좀 슬픈 일 좀, 있어야겠다.

서름의 강물

못 오실 니의 서서 우는 듯
어덴고 거기 이슬비 나려오는
박암薄暗의 강물 소리도 없이……
다만 붉고 붉은 눈물이
보래 핏빛 속으로 젖어
낮에도, 밤에도, 거리에 서도,
문득 눈웃음 지우려 할 때도
이마 우에 가즈런히 밀물쳐 오는
서름의 강물 언제나 흘러……
봄에도, 겨울밤 불켤 때에도,

벽壁

덧없이 바래보든 벽에 지치어
불과 시계를 나란이 죽이고

어제도 내일도 오늘도 아닌
여기도 저기도 거기도 아닌

꺼져드는 어둠 속 반딧불처럼 까물거려
정지한 '나'의
'나'의 서름은 벙어리처럼……

이제 진달래꽃 벼랑 햇볕에 붉게 타오르는 봄날이 오면
벽 차고 나가 목메어 울리라! 벙어리처럼,
오— 벽아.

엽서
― 동리東里에게

머리를 상고로 깎고 나니
어느 시인과도 낯이 다르다.
꽝꽝한 니빨로 웃어 보니 하눌이 좋다.
손톱이 귀갑龜甲처럼 두터워 가는 것이 기쁘구나.

솔작새 같은 계집의 이얘기는, 벗아
인제 죽거든 저승에서나 하자.
목아지가 가느다란 이태백이처럼
우리는 어찌서 양반이어야 했드냐.

포올 베르레―느의 달밤이라도
복동이와 같이 나는 새끼를 꼰다.
파촉巴蜀의 울음소리가 그래도 들리거든
부끄러운 귀를 깎어 버리마.

단편斷片

바람뿐이드라. 밤허고 서리하고 나 혼자뿐이드라.

걸어가자, 걸어가 보자, 좋게 푸른 하눌 속에 내 피는 익는가. 능금같이 익는가. 능금같이 익어서는 떨어지는가.

오— 그 아름다운 날은…… 내일인가. 모렌가. 내명년인가.

부엉이

저놈은 대체 무슨 심술로 한밤중만 되면
찾어와서는 꿍꿍 앓고 있는 것일까.
우리 아버지와 어머니에게 또 나와 나의 안해 될 사람에게도
분명히 저놈은 무슨 불평을 품고 있는 것이다.
무엇보단도 나의 시를, 그 다음에는 나의 표정을, 흩어진 머리털 한
가닥까지, ……낮에도 저놈은 엿보고 있었기에
멀리멀리 유암幽暗의 그늘, 외임은 다만 수상한 주부呪符.
핏빛 저승의 무거운 물결이 그의 쪽지를 다 적시어도
감지 못하는 눈은 하눌로, 부엉…… 부엉…… 부엉아 너는
오래 전부터 내 머릿속 암야暗夜에 둥그란 집을 짓고 살었다.

지귀도 시

지귀地歸는 제주 남단의 작은 섬.
신인神人 고을나高乙那의 후손들이 살아 보리농사[麥作]에 종사한다.
1937년 유하榴夏, 정주廷柱가 우연히 지귀에 유적流謫하야
심신의 상흔을 말리우며 써 모은 것이 이 네 편의 시이다.

정오의 언덕에서

향기로운 산 우에 노루와 적은 사슴같이 있을지니라. ─아가雅歌

보지 마라 너 눈물 어린 눈으로는……
소란한 홍소哄笑의 정오 천심天心에
다붙은 내 입설의 피묻은 입맞춤과
무한 욕망의 그윽한 이 전율을……

아─ 어찌 참을 것이냐!
슬픈 이는 모다 파촉巴蜀으로 갔어도,
윙윙그리는 불벌의 떼를
꿀과 함께 나는 가슴으로 먹었노라.

시악씨야 나는 아름답구나

내 살결은 수피樹皮의 검은빛
황금 태양을 머리에 달고

몰약沒藥 사향麝香의 훈훈한 이 꽃자리
내 숫사슴의 춤추며 뛰어가자

웃음 웃는 짐승, 짐승 속으로.

고을나高乙那의 딸

문득 면전에 웃음소리 있기에
취안醉眼을 들어 보니, 거기
오색 산호초에 묻혀 있는 낭자娘子

물에서 나옵니까.

머리카락이라든지 콧구멍이라든지 콧구멍이라든지
바다에 떠 보이면 아름다우렷다.

석벽石壁 야생의 석류꽃 열매 알알
입설이 저…… 잇발이 저……

낭자의 이름을 무에라고 부릅니까.

그늘이기에 손목을 잡었드니
몰라요. 몰라요. 몰라요. 몰라요.

눈이 항만 하야 언덕으로 뛰어가며
혼자면 보리누름 노래 불러 사라진다.

웅계雄鷄 1

적도赤途 해바래기 열두 송이 꽃심지,
횃불 켜든 우에 물결치는 은하의 밤.
자는 닭을 나는 어떻게 해 사랑했든가.

모래 속에서 일어난 목아지로
새벽에 우리, 기쁨에 오열하니
새로 자라난 이[齒]가 모다 떨려.

감물 디린 빛으로 짙어만 가는
내 나체의 샅샅이······
수슬수슬 날개털 디리우고 닭이 웃으면,

결의형제같이 의좋게 우리는
하눌하눌 국기마냥 머리에 달고
지귀 천년의 정오를 울자.

웅계雄鷄 2

어찌하야 나는 사랑하는 자의 피가 먹고 싶습니까.
"운모 석관 속에 막다아레에나!"

닭의 버슬은 심장 우에 피인 꽃이라
구름이 왼통 젖어 흐르나……
막다아레에나의 장미 꽃다발.

오만히 휘둘러본 닭아 네 눈에
창생 초년의 임금林檎이 소쇄瀟洒한가.

임우 다다른 이 절정絶頂에서
사랑이 어떻게 양립하느냐.

해바래기 줄거리로 십자가를 엮어
죽이리로다. 고요히 침묵하는 내 닭을 죽여……

카인의 쌔빨간 수의囚衣를 입고
내 이제 호올로 열 손가락이 오도도 떤다.

애계愛鷄의 생간으로 매워 오는 두개골에

맨드래미만 한 벼슬이 하나 그윽히 솟아올라……

문

바다

귀 기울여도 있는 것은 역시 바다와 나뿐.
밀려왔다 밀려가는 무수한 물결 우에 무수한 밤이 왕래하나
길은 항시 어데나 있고, 길은 결국 아무 데도 없다.

아— 반딧불만 한 등불 하나도 없이
울음에 젖은 얼굴을 온전한 어둠 속에 숨기어 가지고…… 너는,
무언의 해심海心에 홀로 타오르는
한낱 꽃 같은 심장으로 침몰하라.

아— 스스로히 푸르른 정열에 넘쳐
둥그런 하늘을 이고 웅얼거리는 바다, 바다의 깊이 우에
네 구멍 뚫린 피리를 불고…… 청년아.

애비를 잊어버려
에미를 잊어버려
형제와 친척과 동무를 잊어버려,
마지막 네 계집을 잊어버려,

아라스카로 가라 아니 아라비아로 가라 아니 아메리카로 가라 아니
아프리카로 가라 아니 침몰하라. 침몰하라. 침몰하라!

오— 어지러운 심장의 무게 우에 풀잎처럼 흩날리는 머리칼을 달고
이리도 괴로운 나는 어찌 끝끝내 바다에 그득해야 하는가.

눈 떠라. 사랑하는 눈을 떠라…… 청년아,
산 바다의 어느 동서남북으로도
밤과 피에 젖은 국토가 있다.

아라스카로 가라!
아라비아로 가라!
아메리카로 가라!
아프리카로 가라!

문門

밤에 홀로 눈뜨는 건 무서운 일이다
밤에 홀로 눈뜨는 건 괴로운 일이다
밤에 홀로 눈뜨는 건 위태한 일이다

아름다운 일이다. 아름다운 일이다. 왕망한 폐허에 꽃이 되거라!
시체 우에 불써 일어나야 할, 머리털이 흔들흔들 흔들리우는, 오—
이 시간. 아까운 시간.

피와 빛으로 해일한 신위神位에
폐와 발톱만 남겨 놓고는
옷과 신발을 벗어 던지자.
집과 이웃을 이별해 버리자.

오— 소녀와 같은 눈동자를 그득이 뜨고
뉘우치지 않는 사람, 뉘우치지 않는 사람아!

가슴속에 비수 감춘 서릿길에 타며 타며
오너라, 여기 지혜의 뒤안 깊이
비장秘藏한 네 형극의 문이 운다.

서풍부西風賦

서녘에서 불어오는 바람 속에는
오갈피 상나무와
개가죽 방구와
나의 여자의 열두 발 상무 상무

노루야 암노루야 홰냥노루야
늬 발톱에 상채기와
퉁수 소리와

서서 우는 눈먼 사람
자는 관세음.

서녘에서 불어오는 바람 속에는
한바다의 정신병과
징역 시간과

부활

　내 너를 찾아왔다 수나嗖娜. 너 참 내 앞에 많이 있구나. 내가 혼자서 종로를 걸어가면 사방에서 네가 웃고 오는구나. 새벽닭이 울 때마닥 보고 싶었다. 내 부르는 소리 귓가에 들리드냐. 수나, 이게 몇만 시간 만이냐. 그날 꽃상여 산 넘어서 간 다음 내 눈동자 속에는 빈 하눌만 남드니, 매만져 볼 머리카락 하나 머리카락 하나 없드니, 비만 자꾸 오고…… 촛불 밖에 부흥이 우는 돌문을 열고 가면 강물은 또 몇천 린지, 한번 가선 소식 없든 그 어려운 주소에서 너 무슨 무지개로 내려왔느냐. 종로 네거리에 뿌우여니 흩어져서, 뭐라고 조잘대며 햇볕에 오는 애들. 그중에도 열아홉 살쯤 스무 살쯤 되는 애들. 그들의 눈망울 속에, 핏대에, 가슴속에 들어앉어 수나! 수나! 수나! 너 인제 모두 다 내 앞에 오는구나.

---

* 편집자주―'유나嗖娜'(『화사집』)와 '순아'(『서정주시선』)의 판본이 있으나 김동리의 『귀촉도』 발사 및 윤정희의 음향시 『화사집』 녹음 시 미당의 증언에 따라 '수나'를 택했다.

제2시집

귀촉도 歸蜀途

밀어

밀어密語

순이야. 영이야. 또 돌아간 남아.

굳이 잠긴 잿빛의 문을 열고 나와서
하눌가에 머무른 꽃봉오릴 보아라.

한없는 누예실의 올과 날로 짜 늘인
채일을 두른 듯 아늑한 하눌가에
뺨 부비며 열려 있는 꽃봉오릴 보아라.

순이야. 영이야. 또 돌아간 남아.

저,
가슴같이 따뜻한 삼월의 하눌가에
인제 새로 숨 쉬는 꽃봉오릴 보아라.

* 편집자주―마지막 행 '새로'는 시집에는 '바로'였으나 시인이 고쳤다(『서정주육필시선』).

거북이에게

거북이여 느릿느릿 물살을 저어
숨 고르게 조용히 갈고 가거라.
머언 데서 속삭이는 귓속말처럼
물니랑에 내리는 봄의 꽃니풀,
발톱으로 헤치며 갔다 오너라.

오늘도 가슴속엔 불이 일어서
내사 얼굴이 모다 타도다.
기우는 햇살일래 기울어지며
나어린 한 마리의 풀버레같이
말없는 사지만이 떨리는도다.

거북이여.
구름 아래 푸르른 목을 내둘러,
장구를 쳐줄게 둥둥그리는
설장구를 쳐줄게, 거북이여.

먼 산에 보랏빛 은은히 어리이는

나와 나의 형제의 해 질 무렵엔,

그대 쇠먹은 목청이라도

두터운 갑옷 아래 흐르는 피의

오래인 오래인 소리 한마디만 외여라.

무제無題

　여기는 어쩌면 지극히 쨍쨍하고 못 견디게 새파란 바윗속일 것이다.
날 선 쟁깃날로도 갈고 갈 수 없는 새파란 새파란 바윗속일 것이다.

　여기는 어쩌면 하눌나라일 것이다. 연한 풀밭에 베쨍이도 우는 서러
운 서러운 시굴일 것이다.

　아 여기는 대체 몇만 리이냐. 산과 바다의 몇만 리이냐. 팍팍해서 못
가겠는 몇만 리이냐.

　여기는 어쩌면 꿈이다. 귀비貴妃의 못등 앞에 막걸릿집도 있는, 어여
뿌디어여뿐 꿈이다.

꽃

가신 이들의 헐떡이든 숨결로
곱게 곱게 씻기운 꽃이 피었다.

흐트러진 머리털 그냥 그대로,
그 몸짓 그 음성 그냥 그대로,
옛사람의 노래는 여기 있어라.

오— 그 기름 묻은 머릿박 낱낱이 더워
땀 흘리고 간 옛사람들의
노랫소리는 하늘 우에 있어라.

쉬여 가자 벗이여 쉬여서 가자
여기 새로 핀 크낙한 꽃 그늘에
벗이여 우리도 쉬여서 가자

맞나는 샘물마닥 목을 축이며
이끼 낀 바윗돌에 텍을 고이고
자칫하면 다시 못 볼 하눌을 보자.

견우의 노래

우리들의 사랑을 위하여서는
이별이, 이별이 있어야 하네.

높았다, 낮았다, 출렁이는 물살과
물살 몰아 갔다오는 바람만이 있어야 하네.

오— 우리들의 그리움을 위하여서는
푸른 은핫물이 있어야 하네.

돌아서는 갈 수 없는 오롯한 이 자리에
불타는 홀몸만이 있어야 하네!

직녀여, 여기 번쩍이는 모래밭에
돋아나는 풀싹을 나는 세이고……

허이연 허이연 구름 속에서
그대는 베틀에 북을 놀리게.

눈섭 같은 반달이 중천에 걸리는
칠월 칠석이 돌아오기까지는

검은 암소를 나는 멕이고
직녀여, 그대는 비단을 짜세.

혁명

조개껍질의 붉고 푸른 문의는
몇천 년을 혼자서 용솟음치든
바다의 바다의 소망이리라.

가지가 찢어지게 열리는 꽃은
날이 날마닥 여기 와 소근대든
바람의 바람의 소망이리라.

아— 이 검붉은 징역의 땅 우에
홍수와 같이 몰려오는 혁명은
오랜 하눌의 소망이리라.

석굴암 관세음의 노래

그리움으로 여기 섰노라
조수潮水와 같은 그리움으로,

이 싸늘한 돌과 돌 새이
얼크러지는 칡넌출 밑에
푸른 숨결은 내 것이로다.

세월이 아조 나를 못 쓰는 띠끌로서
허공에, 허공에, 돌리기까지는
부풀어오르는 가슴속에 파도와
이 사랑은 내 것이로다.

오고 가는 바람 속에 지새는 나달이여.
땅속에 파묻힌 찬란헌 서라벌,
땅속에 파묻힌 꽃 같은 남녀들이여.

오— 생겨났으면, 생겨났으면
나보단도 더 '나'를 사랑하는 이

천년을 천년을 사랑하는 이
새로 햇볕에 생겨났으면

새로 햇볕에 생겨나와서
어둠 속에 나-ㄹ 가게 했으면

사랑한다고…… 사랑한다고……
이 한마딧말 님께 아뢰고, 나도
인제는 바다에 돌아갔으면!

허나 나는 여기 섰노라.
앉어 계시는 석가의 곁에
허리에 쬐그만 향낭을 차고

이 싸늘한 바윗속에서
날이 날마닥 들이쉬고 내쉬이는
푸른 숨결은
아, 아직도 내 것이로다.

골목

날이 날마다 드나드는 이 골목.
이른 아침에 홀로 나와서
해 지면 흥얼흥얼 돌아가는 이 골목.

가난하고 외롭고 이즈러진 사람들이
웅크리고 땅 보며 오고 가는 이 골목.

서럽지도 아니한 푸른 하늘이
홑이불처럼 이 골목을 덮어,
하이연 박꽃 지붕에 피고

이 골목은 금시라도 날러갈 듯이
구석구석 쓸쓸함이 물밀듯 사무쳐서,
바람 불면 흔들리는 오막살이뿐이다.

장돌뱅이 팔만이와 복동이의 사는 골목.
내, 늙도록 이 골목을 사랑하고
이 골목에서 살다 가리라.

귀촉도

귀촉도歸蜀途

눈물 아롱 아롱
피리 불고 가신 님의 밟으신 길은
진달래 꽃비 오는 서역西域 삼만 리.
흰 옷깃 여며 여며 가옵신 님의
다시 오진 못하는 파촉巴蜀 삼만 리.

신이나 삼어 줄걸 슬픈 사연의
올올이 아로새긴 육날 메투리.
은장도 푸른 날로 이냥 베혀서
부질없는 이 머리털 엮어 드릴걸.

초롱에 불빛, 지친 밤하늘
굽이굽이 은핫물 목이 젖은 새,
차마 아니 솟는 가락 눈이 감겨서
제 피에 취한 새가 귀촉도 운다.
그대 하늘 끝 호을로 가신 님아

* 육날 메투리는 신 중에서는 으뜸인 메투리 중에서도 가장 아름다운 조선의 신발이었느니라. 귀촉도는 항용 우리들이 두견이라고도 하고 솥작새라고도 하고 접동새라고도 하고 자규라고도 하는 새가, 귀촉도…… 귀촉도…… 그런 발음으로 우는 것이라고 지하에 돌아간 우리들의 조상 때부터 들어 온 데서 생긴 말씀이니라.

문 열어라 정 도령아

눈물로 적시고 또 적시여도
속절없이 식어가는 네 흰 가슴이
저 꽃으로 문지르면 더워 오리야.

아홉 밤 아홉 낮을 빌고 빌어도
덧없이 스러지는 푸른 숨결이
저 꽃으로 문지르면 돌아오리야.

애비 에미 기러기 서릿발 갈고 가는
구공 중천 우에 은하수 우에
아―소슬한 청홍의 꽃밭……

문 열어라 문 열어라
정 도령님아.

목화

누님
눈물 겨웁습니다.

이, 우물물같이 고이는 푸름 속에
다수굿이 젖어 있는 붉고 흰 목화꽃은,
누님
누님이 피우셨지요?

퉁기면 울릴 듯한 가을의 푸르름엔
바윗돌도 모다 바스라져 내리는데……

저, 마약과 같은 봄을 지내여서
저, 무지無知한 여름을 지내여서
질갱이풀 지슴길을 오르내리며
허리 굽흐리고 피우셨지요?

누님의 집

바다 넘어 구만 리
산 넘어서 구만 리
등불 들고 내려가면,
  우물물이 있느니라.

먹탕 같은 우물물
천 길을 내려가면
굴딱지 같은,
  도적놈의 개와집이 서 있느니라.

대문 열고 중문 열고
돌문을 열고
바람 되야 문틈으로 스며 들어가면은
  그리운 우리 누님 게 있느니라.

도적놈은 어디 가고
우리 누님 홀로 되야
거울 앞에 흰옷 입고 앉었느니라.

푸르른 날

눈이 부시게 푸르른 날은
그리운 사람을 그리워하자

저기 저기 저, 가을 꽃자리
초록이 지쳐 단풍 드는데

눈이 나리면 어이 하리야
봄이 또오면 어이 하리야

내가 죽고서 네가 산다면?
네가 죽고서 내가 산다면!

눈이 부시게 푸르른 날은
그리운 사람을 그리워하자

* 편집자주 ― 4연의 부호는 『생활문화』(!!), 『귀촉도』(!?), 『서정주시선』(!!), 『서정주문학전집』(?!)
중에서 마지막 판본을 따랐다.

고향에 살자

계집애야 계집애야
고향에 살지.

멈둘레꽃 피는
고향에 살지.

질갱이풀 뜯어
신 삼어 신고,

시누대밭 머리에서
먼 산 바래고,

서러워도 서러워도
고향에 살지.

서귀로 간다

첩첩산중에
첩첩이 피는 낲에
눈 부비며 울음 우는 뻐꾹새와 같이

하누바람, 마파람
회오리바람같이,
움직이는 바닷물에 사는 고기같이

내, 오늘은 서귀로 간다.
네 활개 치며 서귀로 간다.

옮기는 발길마닥
구름이 일고,

내뿜는 숨결에
날개 돋아나

내, 오늘은 서귀로 간다.
너 보고저워 서귀로 간다.

노을

노들강물은 서쪽으로 흐르고
능수버들엔 바람이 흐르고

새로 꽃이 핀 들길에 서서
눈물 뿌리며 이별을 허는
우리 머리 우에선 구름이 흐르고

붉은 두 볼도
헐떡이든 숨결도
사랑도 맹세도 모두 흐르고

나뭇잎 지는 가을 황혼에
홀로 봐야 할 연짓빛 노을.

민둘레꽃

소곡小曲

뭐라 하느냐
너무 앞에서
아―미치게
짙푸른 하늘.

나, 항상 나,
배도 안고파
발돋음 하고
돌이 되는데.

행진곡

잔치는 끝났드라.
마지막 앉어서 국밥들을 마시고,
빠알간 불 사루고,
재를 남기고,

포장을 걷으면 저무는 하눌
일어서서 주인에게 인사를 하자.

결국은 조끔씩 취해 가지고
우리 모두 다 돌아가는 사람들.

목아지여
목아지여
목아지여
목아지여

멀리 서 있는 바닷물에선
난타하여 떨어지는 나의 종소리.

멈둘레꽃

바보야 하이얀 멈둘레가 피었다.
네 눈섭을 적시우는 용천의 하눌 밑에
히히 바보야 히히 우숩다.

사람들은 모두 다 남사당패와 같이
허리띠에 피가 묻은 고이 안에서
들키면 큰일 나는 숨들을 쉬고

그 어디 보리밭에 자빠졌다가
눈도 코도 상사몽도 다 없어진 후
쐬주[燒酒]와 같이 쐬주와 같이
나도 또한 날아나서 공중에 푸를리라.

만주에서

참 이것은 너무 많은 하눌입니다. 내가 달린들 어데를 가겠습니까.
홍포紅布와 같이 미치기는 쉬웁습니다. 몇천 년을, 오— 몇천 년을 혼자
서 놀고 온 사람들이겠습니까.

종보단은 차라리 북이 있습니다. 이는 멀리도 안 들리는 어쩔 수도
없는 사치입니까. 마지막 부를 이름이 사실은 없었습니다. 어찌하야 자
네는 나 보고, 나는 자네 보고 웃어야 하는 것입니까.

바로 말하면 하르삔 시와 같은 것은 없었습니다. '자네'도 '나'도 그
런 것은 없었습니다. 무슨 처음의 복숭아꽃 내음새도 말소리도 병病도
아무껏도 없었습니다.

밤이 깊으면

밤이 깊으면 숙아 너를 생각한다.
달래마눌같이 쬐그만 숙아 너의 전신을.
낭자언저리, 눈언저리, 코언저리, 허리언저리,
키와 머리털과 목아지의 기럭시를
유난히도 가늘든 그 목아지의 기럭시를
그 속에서 울려나오는 서러운 음성을

서러운 서러운 옛날말로 울음 우는 한 마리의 버꾹이새.
그 굳은 바윗속에, 황토밭 우에,
고이는 우물물과 낡은 시계 소리 시계의 바늘 소리
허물어진 돌무데기 우에 어머니의 시체 우에 부어오른 네 눈망울 우에
빠알간 노을을 남기우며 해는 날마다 떴다가는 떨어지고
오직 한결 어둠만이 적시우는 너의 오장육부. 그러헌 너의 공복空腹.

뒤안 솔밭의 솔나무 가지를,
거기 감기는 누우런 새끼줄을,
엉기는 먹구름을, 먹구름 먹구름 속에서 내 이름자 부르는 소리를,
꽃의 이름처럼 연거퍼 연거퍼서 부르는 소리를,

혹은 그러헌 너의 절명_{絶命}을

혹은,
혹은,
혹은,

여자야 너 또한 쫓겨 가는 사람의 딸. 껌정 거북표의 고무신짝 끄을고
그 다 찢어진 고무신짝을 질질질질 끄을고

억새풀잎 우거진 준령을 넘어가면
하눌 밑에 길은 어데로나 있느니라.
그 많은 삼등 객차의, 보행객의, 화륜선의 모이는 곳
목포나 군산 등지 아무 데거나

그런 데 있는 골목, 골목의 수효를,
크다란 건물과 버섯 같은 인가를, 불 켰다 불 끄는 모든 인가를,
　주식취인소를, 공사립 금융조합, 성결교당을, 미사의 종소리를, 밀매
음굴을,

모여드는 사람들, 사람들을, 사람들을,

결국은 너의 자살 우에서……

철근 콩크리트의 철근 콩크리트의 그 무수헌 산판알과 나사못과 치차齒車를 단 철근 콩크리트의 밑바닥에서

혹은 어느 인사소개소의 어스컹컴한 방구석에서
속옷까지, 깨끗이 그 치마 뒤에 있는 속옷까지 베껴야만 하는 그러헌 순서.
깜한 네 열 개의 손톱으로 쥐여뜯으며 쥐여뜯으며
그래도 끝끝내는 끌려가야만 하는 그러헌 너의 순서를.

숙아!

이 밤 속에 밤의 바람벽의 또 밤 속에서
한 마리의 산 귀또리같이 가느다란 육성으로 나를 부르는 것.
충청도에서, 전라도에서, 비 나리는 항구의 어느 내외주점에서,

사실은 내 척수신경의 한가운데에서,
씻허연 두 줄의 이빨을 내여놓고 나를 부르는 것.
슬픈 인류의 전신全身의 소리로써 나를 부르는 것.
한 개의 종소리같이 전선電線같이 끊임없이 부르는 것.

뿌랙 뿔류의 바닷물같이, 오히려 찬란헌 만세소리같이,
피같이,
피같이,

내 칼끝에 적시여 오는 것.

숙아. 네 생각을 인제는 끊고
시퍼런 단도의 날을 닦는다.

* 편집자주—이 시는 시어를 바꾸고(적은 인가를 → 버섯 같은 인가를), 조사를 여러 군데(종소리(와)같
이, 전선(과)같이, 바닷물(과)같이, 만세소리(와)같이, 피(와)같이) 생략했다(『서정주문학전집』).

조금

우리 그냥 뻘밭으로 기어다니며
거이 새끼 같은 거나 잡어먹으며
노오란 조금에 취할 것인가

맞나기로 약속했든 정말의 바닷물이
턱밑에 바로 들어왔을 땐
고삐가 안 풀리여 가지 못하고

불기둥처럼 서서 울다간
스스로히 생겨난 메누리발톱.

아아 우리 그냥 팍팍하야 땀 흘리며
조금의 막다른 길에 해와 같이 저물을 뿐
다시는 다시는 맞나지도 못하리라.

* 편집자주—4연 2행의 '막다른 길'은 시집에는 '오름길'로 되어 있으나 시인이 고쳤다
(『서정주육필시선』).

역려逆旅

샛길로 샛길로만 쫓겨 가다가
한바탕 가시밭을 휘젓고 나서면
다리는 훑쳐 육회 쳐 놓은 듯,
핏방울이 내려져 바윗돌을 적시고……

아무도 없는 곳이기에 고이는 눈물이면
손아귀에 닿는 대로 떫고 씨거운 산열매를 따 먹으며
나는 함부로 줄달음질친다.

산새 우는 세월 속에 붉게 물든 산열매는,
먹고 가며 해 보면
눈이 금시 밝어 오드라.

잊어버리자. 잊어버리자.
히부얀 종이 등불 밑에 애비와, 에미와, 계집을,
그들의 슬픈 습관, 서러운 언어를,
찢긴 흰옷과 같이 벗어 던져 버리고
이제 사실 나의 위장은 표범을 닮어야 한다.

거리거리 쇠창살이 나를 한때 가두어도
나오면 다시 한결 날카로워지는 망자!
열 번 붉은 옷을 다시 입힌대도
나의 소망은 열적熱赤의 사막 저편에 불타오르는 바다!

가리라 가리로다 꽃다운 이 연륜을 천심天心에 던져,
옮기는 발길마다 독사의 눈깔이 별처럼 총총히 묻혀 있다는 모래언
덕 넘어…… 모래언덕 넘어……

그 어디 한 포기 크낙한 꽃그늘,
부질없이 푸르른 바람결에 씻기우는 한낱 해골로 놓일지라도 나의
염원은 언제나 끝가는 열락悅樂이어야 한다.

무슨 꽃으로 문지르는 가슴이기에
나는 이리도 살고 싶은가

무슨 꽃으로 문지르는 가슴이기에
나는 이리도 살고 싶은가

빈 가지에 바구니만 매여 두고 내 소녀, 어디 갔느뇨 — 오일도

아조 할 수 없이 되면 고향을 생각한다.

이제는 다시 돌아올 수 없는 옛날의 모습들. 안개와 같이 스러진 것들의 형상을 불러일으킨다.

귓가에 와서 아스라히 속삭이고는, 스쳐 가는 소리들. 머언 유명幽冥에서처럼 그 소리는 들려오는 것이나, 한 마디도 그 뜻을 알 수는 없다.

다만 느끼는 건 너이들의 숨소리. 소녀여, 어디에들 안재安在하는지. 너이들의 호흡의 훈짐으로써 다시금 돌아오는 내 청춘을 느낄 따름인 것이다.

소녀여 뭐라고 내게 말하였든 것인가?

오히려 처음과 같은 하눌 우에선 한 마리의 종다리가 가느다란 핏줄을 그리며 구름에 묻혀 흐를 뿐, 오늘도 굳이 닫힌 내 전정前程의 석문 앞에서 마음대로는 처리할 수 없는 내 생명의 환희를 이해할 따름인 것이다.

섭섭이와 서운니와 푸접이와 순녜라 하는 네 명의 소녀의 뒤를 따라서, 오후의 산 그리메가 밟히우는 보리밭 새이 언덕길 우에 나는 서서 있었다. 붉고, 푸르고, 흰, 전설 속의 네 개의 바다와 같이 네 소녀는 네 빛갈의 저고리를 입고 있었다.

하늘 우에선 아득한 고동 소리. ……순녜가 아르켜 준 상제님의 고동 소리. ……네 명의 소녀는 제마닥 한 개씩의 바구니를 들고, 허리를 굽흐리고, 차라리 무슨 나물을 찾는 것이 아니라 절을 하고 있는 것이었다. 씬나물이나 머슴둘레, 그런 것을 찾는 것이 아니라 머언 머언 고동 소리에 귀를 기울이고 있는 것이었다. 후회와 같은 표정으로 머리를 수그리고 있는 것이었다.

그러나 나에게는 잡히지 아니하는 것이었다. 발자춰 소리를 아조 숨기고 가도, 나에게는 붙잡히지 아니하는 것이었다.

담담히도 오래 가는 내음새를 풍기우며, 머슴둘레 꽃포기가 발길에 채일 뿐, 쌍긋한 찔레 덤풀이 앞을 가리울 뿐 나보단은 더 빨리 달아나는 것이었다. 나의 부르는 소리가 크면 클수록 더 멀리 더 멀리 달아나는 것이었다.

여긴 오지 마…… 여긴 오지 마……

애살포오시 웃음 지으며, 수류水流와 같이 네 개의 수류와 같이 차라리 흘러가는 것이었다.

한 줄기의 추억과 치여든 나의 두 손, 역시 하눌에는 종다리새 한 마리, ―이런 것만 남기고는 조용히 흘러가며 속삭이는 것이었다. 여긴 오지 마…… 여긴 오지 마……

소녀여. 내가 가는 날은 돌아오련가. 내가 아조 가는 날은 돌아오련가. 막달라의 마리아처럼 두 눈에는 반가운 눈물로 어리여서, 머리털로 내 손끝을 스치이련가.

그러나 내가 가시에 찔려 아퍼헐 때는, 네 명의 소녀는 내 곁에 와 서는 것이었다. 내가 찔렛가시나 새금팔에 베혀 아퍼헐 때는, 어머니와 같은 손가락으로 나를 나시우러 오는 것이었다.

손가락 끝에 나의 어린 핏방울을 적시우며, 한 명의 소녀가 걱정을 하면 세 명의 소녀도 걱정을 허며, 그 노오란 꽃송이로 문지르고는, 하연 꽃송이로 문지르고는, 빠알간 꽃송이로 문지르고는 하든 나의 상처기는 어쩌면 그리도 잘 낫는 것이었든가.

정해정해 정도령아
원이왔다 문열어라.
붉은꽃을 문지르면
붉은피가 돌아오고.
푸른꽃을 문지르면
푸른숨이 돌아오고.

소녀여. 비가 개인 날은 하늘이 왜 이리도 푸른가. 어데서 쉬는 숨소리기에 이리도 똑똑히 들리이는가.
무슨 꽃으로 문지르는 가슴이기에 나는 이리도 살고 싶은가.

몇 포기의 씨거운 멈둘레꽃이 피여 있는 낭떠러지 아래 풀밭에 서서,

나는 단 하나의 정령이 되야 내 소녀들을 불러일으킨다.

그들은 역시 나를 지키고 있었든 것이다. 내 속에 내리는 비가 개이기만, 다시 그 언덕길 우에 돌아오기만, 어서 병이 낫기만을, 그 옛날의 보리밭길 우에서 언제나 언제나 기대리고 있었든 것이다.

내가 아조 가는 날은 돌아오런가?

제3시집

서정주시선

시인의 말

여기 전저前著『화사집』『귀촉도』에서 선한 것 26편과 『귀촉도』 이후의 작품 20편을 합해서『서정주시선』이라 이름했다. 이렇게 추려 놓았어도 무엇이 많이 모자라는 것 같아, 그저 마음이 후련찮을 따름이다.

살아 있는 동안 계속해 애써 보겠다.

1956년 11월 2일

* 편집자주―『서정주시선』에는 모두 46편의 시가 수록되었으나 이 전집에서는『화사집』수록 12편,『귀촉도』수록 14편은 중복되므로 제외한다.

무등을 보며

가난이야 한낱 남루에 지내지 않는다
저 눈부신 햇빛 속에
갈매빛 등성이를 드러내고 서 있는
여름 산 같은
우리들의 타고난 살결,
타고난 마음씨까지야 다 가릴 수 있으랴

청산이 그 무릎 아래 지란芝蘭을 기르듯
우리는 우리 새끼들을 기를 수밖엔 없다

목숨이 가다 가다 농울쳐 휘여드는
오후의 때가 오거든
내외들이여 그대들도
더러는 앉고
더러는 차라리 그 곁에 누어라

지어미는 지아비를 물끄럼히 우러러보고
지아비는 지어미의 이마라도 짚어라

어느 가시덤풀 쑥굴헝에 뇌일지라도
우리는 늘 옥돌같이
호젓이 묻혔다고 생각할 일이요
청태靑苔라도 자욱이 끼일 일인 것이다

* 무등無等 : 호남 광주의 산 이름.
* 편집자주―1연(4행→6행), 5연(3행→4행)의 행을 조정하고 '갈매빛의 등성이'에서 '의'를 삭제했다(『서정주육필시선』).

학

천년 맺힌 시름을
출렁이는 물살도 없이
고은 강물이 흐르듯
학이 날은다

천년을 보던 눈이
천년을 파다거리던 날개가
또 한번 천애天涯에 맞부딪노나

산 덩어리 같어야 할 분노가
초목도 울려야 할 서름이
저리도 조용히 흐르는구나

보라, 옥빛, 꼭두서니,
보라, 옥빛, 꼭두서니,
누이의 수틀을 보듯
세상은 보자

누이의 어깨 너머
누이의 수틀 속의 꽃밭을 보듯
세상은 보자

울음은 해일
아니면 크나큰 제사와 같이

춤이야 어느 땐들 골라 못 추랴
멍멍히 잦은 목을 제 쭉지에 묻을 바에야
춤이야 어느 술참 땐들 골라 못 추랴

긴모리 자진모리 일렁이는 구름 속을
저, 울음으로도 춤으로도 참음으로도 다하지 못한 것이
어루만지듯 어루만지듯
저승 곁을 날은다

국화 옆에서

한 송이의 국화꽃을 피우기 위해
봄부터 솥작새는
그렇게 울었나 보다

한 송이의 국화꽃을 피우기 위해
천둥은 먹구름 속에서
또 그렇게 울었나 보다

그립고 아쉬움에 가슴 조이든
머언 먼 젊음의 뒤안길에서
인제는 돌아와 거울 앞에 선
내 누님같이 생긴 꽃이여

노오란 네 꽃잎이 필라고
간밤엔 무서리가 저리 내리고
내게는 잠도 오지 않았나 보다

아지랑이

아지랑이가 피어오른다
섧고도 어지러운 사랑의 모습처럼
녀릿녀릿 흔들리며 피어오른다

공덕동에 피어오르는 아지랑이는
공덕동에 사는 이의 사랑의 모습.
만리동에 피어오르는 아지랑이는
만리동에 사는 이의 사랑의 모습.

순이네가 사는 집 지붕 우에선
순이네 아지랑이 피어오르고
복동이가 사는 집 지붕 우에선
복동이네 아지랑이 피어오르고

누이야 네 수놓는 방에서는
네 수놓는 아지랑이,
네 두 눈에 맑은 눈물방울이 고이면
맑은 눈물방울이 고이는 아지랑이 피어오르고

'그립다' 생각하면
'그립다' 생각하는 아지랑이,
'아!' 하고 또 속으로 소리치면
'아!' 하고 또 속으로 소리치는 아지랑이,

아지랑이가 피어오른다
섧고도 어지러운 사랑의 모습처럼
녀릿녀릿 흔들리며 피어오른다

신록

어이할꺼나
아— 나는 사랑을 가졌어라
남 몰래 혼자서 사랑을 가졌어라!

천지엔 이제 꽃잎이 지고
새로운 녹음이 다시 돋아나
또 한번 나—ㄹ 에워싸는데

못 견디게 서러운 몸짓을 허며
붉은 꽃잎은 떨어져 나려
펄펄펄 펄펄펄 떨어져 나려

신라 가시내의 숨결과 같은
신라 가시내의 머리털 같은
풀밭에 바람 속에 떨어져 나려

올해도 내 앞에 흩날리는데
부르르 떨며 흩날리는데……

아— 나는 사랑을 가졌어라
꾀꼬리처럼 울지도 못할
기찬 사랑을 혼자서 가졌어라!

추천사鞦韆詞
—춘향의 말 1

향단아 그넷줄을 밀어라
머언 바다로
배를 내어밀듯이,
향단아.

이 다수굿이 흔들리는 수양버들 나무와
벼갯모에 뇌이듯한 풀꽃데미로부터,
자잘한 나비 새끼 꾀꼬리들로부터
아조 내어밀듯이, 향단아.

산호도 섬도 없는 저 하눌로
나를 밀어 올려다오
채색한 구름같이 나를 밀어 올려다오
이 울렁이는 가슴을 밀어 올려다오!

서으로 가는 달같이는
나는 아무래도 갈 수가 없다.

바람이 파도를 밀어 올리듯이
그렇게 나를 밀어 올려다오
향단아.

다시 밝은 날에
— 춘향의 말 2

신령님……

처음 내 마음은
수천만 마리
노고지리 우는 날의 아지랑이 같았습니다

번쩍이는 비눌을 단 고기들이 헤염치는
초록의 강 물결
어우러져 날으는 애기 구름 같았습니다

신령님……

그러나 그의 모습으로 어느 날 당신이 내게 오셨을 때
나는 미친 회오리바람이 되었습니다
쏟아져 내리는 벼랑의 폭포
쏟아져 내리는 쏘내기비가 되었습니다

그러나 신령님……

바닷물이 적은 여울을 마시듯이
당신은 다시 그를 데려가고
그 휘-ㄴ한 내 마음에
마지막 타는 저녁 노을을 두셨습니다
그러고는 또 기인 밤을 두셨습니다

신령님……

그리하여 또 한번 내 위에 밝는 날
이제
산골에 피어나는 도라지꽃 같은
내 마음의 빛갈은 당신의 사랑입니다

춘향유문春香遺文
— 춘향의 말 3

안녕히 계세요
도련님

지난 오월 단옷날, 처음 맞나든 날
우리 둘이서 그늘 밑에 서 있든
그 무성하고 푸르든 나무같이
늘 안녕히 안녕히 계세요

저승이 어딘지는 똑똑히 모르지만
춘향의 사랑보단 오히려 더 먼
딴 나라는 아마 아닐 것입니다

천 길 땅 밑을 검은 물로 흐르거나
도솔천의 하늘을 구름으로 날드래도
그건 결국 도련님 곁 아니예요?

더구나 그 구름이 쏘내기 되야 퍼부을 때
춘향은 틀림없이 거기 있을 거예요!

* 도솔천 : 불교의 욕계 6천의 제4천.

나의 시

어느 해 봄이던가, 머언 옛날입니다.

나는 어느 친척의 부인을 모시고 성城 안 동백꽃나무 그늘에 와 있었습니다.

부인은 그 호화로운 꽃들을 피운 하늘의 부분이 어딘가를 아시기나 하는 듯이 앉아 계시고, 나는 풀밭 위에 흥근한 낙화가 안씨러워 줏어 모아서는 부인의 펼쳐든 치마폭에 갖다 놓았습니다.

쉬임 없이 그 짓을 되풀이하였습니다.

그 뒤 나는 연년年年히 서정시를 썼습니다만 그것은 모두가 그때 그 꽃들을 줏어다가 디리던― 그 마음과 별로 다름이 없었습니다.

그러나 인제 웬일인지 나는 이것을 받어 줄 이가 땅 위엔 아무도 없음을 봅니다.

내가 줏어 모은 꽃들은 제절로 내 손에서 땅 위에 떨어져 구을르고 또 그런 마음으로밖에는 나는 내 시를 쓸 수가 없습니다.

풀리는 한강가에서

강물이 풀리다니
강물은 무엇하러 또 풀리는가
우리들의 무슨 서름 무슨 기쁨 때문에
강물은 또 풀리는가

기러기같이
서리 묻은 섣달의 기러기같이
하늘의 어름짱 가슴으로 깨치며
내 한평생을 울고 가려 했더니

무어라 강물은 다시 풀리어
이 햇빛 이 물결을 내게 주는가

저 멈둘레나 쑥니풀 같은 것들
또 한번 고개 숙여 보라 함인가

황토 언덕
꽃상여

떼과부의 무리들
여기 서서 또 한번 더 바래보라 함인가

강물이 풀리다니
강물은 무엇하러 또 풀리는가
우리들의 무슨 서름 무슨 기쁨 때문에
강물은 또 풀리는가

내리는 눈발 속에서는

괜, 찬, 타, ……
괜, 찬, 타, ……
괜, 찬, 타, ……
괜, 찬, 타, ……
수부룩이 내려오는 눈발 속에서는
까투리 매추래기 새끼들도 깃들이어 오는 소리. ……

괜찬타, ……괜찬타, ……괜찬타, ……괜찬타, ……
폭으은히 내려오는 눈발 속에서는
낯이 붉은 처녀 아이들도 깃들이어 오는 소리. ……

울고
웃고
수구리고
새파라니 얼어서
운명들이 모두 다 안끼어 드는 소리. ……

큰놈에겐 큰 눈물 자죽, 작은놈에겐 작은 웃음 흔적,

큰 이얘기 작은 이얘기들이 오부록이 도란그리며 안끼어 오는 소리.
……

　괜찮타, ……
　괜찮타, ……
　괜찮타, ……
　괜찮타, ……

　끊임없이 내리는 눈발 속에서는
　산도 산도 청산도 안끼어 드는 소리. ……

광화문

북악과 삼각이 형과 그 누이처럼 서 있는 것을 보고 가다가
형의 어깨 뒤에 얼골을 들고 있는 누이처럼 서 있는 것을 보고 가다가
어느새인지 광화문 앞에 다다렀다.

광화문은
차라리 한 채의 소슬한 종교.
조선 사람은 흔히 그 머리로부터 왼몸에 사무쳐 오는 빛을
마침내 보선코에서까지도 떠받들어야 할 마련이지만,
왼 하늘에 넘쳐흐르는 푸른 광명을
광화문— 저같이 으젓이 그 날개쭉지 위에 실고 있는 자도 드물라.

상하 양층의 지붕 위에
그득히 그득히 고이는 하늘.
위층엣것은 드디어 치-ㄹ 치-ㄹ 넘쳐라도 흐르지만,
지붕과 지붕 사이에는 신방新房 같은 다락이 있어
아래층엣것은 그리로 왼통 넘나들 마련이다.

옥같이 고으신 이

그 다락에 하늘 모아
사시라 함이렷다.

고개 숙여 성 옆을 더듬어 가면
시정市井의 노랫소리도 오히려 태고 같고

문득 치켜든 머리 위에선
파르르 낮달도 떨며 흐른다.

* 편집자주―마지막 행은 『서정주문학전집』 표기를 따랐다. 『현대문학』(1955. 8)에는 '낮달도
파르르 떨고 흐른다', 『서정주시선』에는 '파르르 쭉지치는 내 마음의 메아리'로 되어 있다.

입춘 가까운 날

솔나무는 오히려 너같이 젊고
스무 날쯤 있으면 매화도 핀다.
천년 묵은 고목나무 늙은 흙 우엔
난초도 밋밋이 살아 나간다.

2월

2월 새 하눌일래 대수풀은 빛나네.
햇빛에 도란도란 도란그리며
햇빛에 나즉히 노래 불러 올리는
아릿답고 향기론 처녀들이 크나니.

꽃 피는 것 기특해라

봄이 와 햇빛 속에 꽃 피는 것 기특해라.
꽃나무에 붉고 흰 꽃 피는 것 기특해라.
눈에 삼삼 어리어 물가으로 가면은
가슴에도 수부룩히 드리우노니
봄날에 꽃 피는 것 기특하여라.

무제

　오늘 제일 기쁜 것은 고목나무에 푸르므레 봄빛이 드는 거와, 걸어가는 발뿌리에 풀잎사귀들이 희한하게도 돋아나오는 일이다. 또 두어 살쯤 되는 어린것들이 서투른 말을 배우고 이쿠는 것과, 성화聖畵의 애기들과 같은 그런 눈으로 우리들을 빤이 쳐다보는 일이다. 무심코 우리들을 쳐다보는 일이다.

기도 1

저는 시방 꼭 텡 비인 항아리 같기도 하고, 또 텡 비인 들녘 같기도
하옵니다. 하눌이여 한동안 더 모진 광풍을 제 안에 두시던지, 날으는
몇 마리의 나비를 두시던지, 반쯤 물이 담긴 도가니와 같이 하시던지
마음대로 하소서. 시방 제 속은 꼭 많은 꽃과 향기들이 담겼다가 비여
진 항아리와 같습니다.

기도 2

지낸밤 꿈에 나는 어느 산의 낭떠러지 아래 못물가에서 낯모르는 소년과 함께 바윗돌을 깔고 앉어 있었습니다. 못물가엔 한 그루의 감나무가 있어, 그 반쯤 붉은 뜨런 열매들을 물 우에 기울이고 있었습니다.

하눌이여 내 꿈과 생시는 늘 이와 같이 있게 하소서.

상리과원 上里果園

꽃밭은 그 향기만으로 볼진대 한강수나 낙동강 상류와도 같은 륭륭隆隆한 흐름이다. 그러나 그 낱낱의 얼굴들로 볼진대 우리 조카딸년들이나 그 조카딸년들의 친구들의 웃음판과도 같은 굉장히 질거운 웃음판이다.

세상에 이렇게도 타고난 기쁨을 찬란히 터트리는 몸뚱아리들이 또어디 있는가. 더구나 서양에서 건네온 배나무의 어떤 것들은 머리나 가슴패기뿐만이 아니라 배와 허리와 다리 발꿈치에까지도 이쁜 꽃숭어리들을 달었다. 맵새, 참새, 때까치, 꾀꼬리, 꾀꼬리 새끼들이 조석으로이 많은 기쁨을 대신 읊조리고, 수십만 마리의 꿀벌들이 왼종일 북 치고 소구 치고 마짓굿 올리는 소리를 허고, 그래도 모자라는 놈은 더러그 속에 묻혀 자기도 하는 것은 참으로 당연한 일이다.

우리가 이것들을 사랑할려면 어떻게 했으면 좋겠는가. 묻혀서 누어있는 못물과 같이 저 아래 저것들을 비춰고 누어서, 때로 가냘푸게도떨어져 내리는 저 어린것들의 꽃잎사귀들을 우리 몸 우에 받어라도 볼것인가. 아니면 머언 산들과 나런히 미조 서서, 이것들의 아침의 유두분면油頭粉面과, 한낮의 춤과, 황혼의 어둠 속에 이것들이 잦아들어 돌아오는— 아스라한 침잠이나 지킬 것인가.

하여간 이 한나도 서러울 것이 없는 것들 옆에서, 또 이것들을 서러

위하는 미물 하나도 없는 곳에서, 우리는 서뿔리 우리 어린것들에게 서름 같은 걸 가르치지 말 일이다. 저것들을 축복하는 때까치의 어느 것, 비비새의 어느 것, 벌 나비의 어느 것, 또는 저것들의 꽃봉오리와 꽃송어리의 어느 것에 대체 우리가 항용 나즉히 서로 주고받는 슬픔이란 것이 깃들이어 있단 말인가.

이것들의 초밤에의 완전 귀소가 끝난 뒤, 어둠이 우리와 우리 어린것들과 산과 냇물을 까마득히 덮을 때가 되거던, 우리는 차라리 우리 어린것들에게 제일 가까운 곳의 별을 가르쳐 뵈일 일이요, 제일 오래인 종소리를 들릴 일이다.

산하일지초山下日誌抄

어느 날 아침

나는 문득 눈을 들어 우리 늙은 산둘레들을 다시 한번 바라보았다. 역시 꺼칫꺼칫하고 멍청한 것이 잊은 듯이 앉아 있을 따름으로, 다만 하늘의 구름이 거기에도 몰려와서 몸을 대고 지내가긴 했지만, 무엇 때문에 그 밉상인 것을 그렇게까지 가까이하는지 여전히 알 길이 없었다.

허나 이튿날도 그 다음 날도 또 그 다음 날도 이것들이 되풀이해서 사귀는 모양을 보고 있는 동안 그것이 무엇이라는 걸 알기는 알았다.

그것은 우리 한 쌍의 젊은 남녀가 서로 뺨을 마조 부비고 머리털을 매만지고 하는 바로 그것과 같은 것으로서, 이 짓거리는 아마 몇십만 년도 더 계속되어 왔으리라는 것이다. 이미 모든 땅 우의 더러운 싸움의 찌꺼기들을 맑힐 대로 맑히여 날아올라서, 인제는 오직 한 빛 옥색의 터전을 영원히 흐를 뿐인— 저 한정 없는 그리움의 몸짓과 같은 것들은, 저 산이 젊었을 때부터도 한결같이 저렇게만 어루만지고 있었으리라는 것이다.

그러자 나는 바로 그날 밤, 그 산이 랑랑한 창으로 노래하는 소리를 들었다. 천길 바닷물 속에나 가라앉은 듯한 멍멍한 어둠 속에서 그 산이 노래하는 것을 분명히 들었다.

삼경이나 되였을까. 그것은 마치 시집와서 스무 날쯤 되는 신부가 처음으로 목청이 열려서 혼자 나즉히 불러 보는 노래와도 흡사하였다. 그러헌 노래에서는 먼 처녀 시절에 본 꽃밭들이 뵈이기도 하고, 그런 내 음새가 나기도 하는 것이다.—그런 꽃들, 아니 그 뿌리까지를 불러일으키려는 듯한 나즉하고도 깊은 음성으로 산은 노래를 불렀다.

안 잊는다는 것이 이렇게 오래도 있을 수 있는 일일까. 녹의홍상으로 시집온 채 한 삼십 년쯤을 혼자 고스란이 수절한 신부의 이야기는 이 나라에도 더러 있긴 있다. 허나 산이 처음 와서 그 자리에 뇌인 것은 그게 그 언제 적 일인가.

수백 왕조의 몰락을 겪고도 오히려 늙지 않는 저 물같이 맑은 소리— 저런 소리는 정말로 산마닥 아직도 오히려 살아 있는 것일까.

이튿날.

밝은 날빛 속에서 오랫동안 내 눈을 이끌게 한 것은, 필연코 무슨 사연이 깃들인 듯한 — 그곳 녹음이었다. 뜯기어 드문드문한 대로나마 그 속에선 무엇들이 새파랗게 어리어 소근거리고 있는 듯하더니, 문득, 한 크낙한 향기의 가르마와 같이 그것을 가르고, 한 소슬한 젊은이를 실은 금빛 그네를 나를 향해 내어밀었다. 마치 산 바로 그 자기 아니면 그 아들딸이나 들날리는 것처럼……

제4시집

신라초 新羅抄

시인의 말

이 시집의 제1부는 신라의 내부에 대한 약간의 모색. 제2부는 그냥 근년 시작試作한 것들을 모아 놓은 것이다. 자기가 자기를 설명하는 건 쑥이라 하여 고래古來 잘 않던 일이지만, 편의상 두어 마디 말씀하면, 이 시집의 제2부에선 그 소위 '인연'이란 것이 중요킨 하였다.

이것들은 1956년 여름 이후에 이루어진 것이다.

1961년 10월

* 편집자주―시집에는 원래 38편이 실려 있으나 『서정주문학전집』 '신라초' 부분에 추가된 4편(「사소의 편지 1」 「뚜쟁이조」 「어느 유생의 딸의 말씀」 「대화」)을 이 전집에 수록하고, 「고조 2」와 「고조 1」, 「귓속말」과 「재롱조」의 순서도 바로잡았다.

신라초

선덕여왕의 말씀

짐의 무덤은 푸른 영(嶺) 위의 욕계 제2천.
피 예 있으니, 피 예 있으니, 어쩔 수 없이
구름 엉기고, 비 터 잡는 데— 그런 하늘 속.

피 예 있으니, 피 예 있으니,
너무들 인색치 말고
있는 사람은 병약자한테 시량도 더러 노느고
홀어미 홀아비들도 더러 찾아 위로코,
첨성대 위엔 첨성대 위엔 그중 실한 사내를 놔라.

살의 일로써 살의 일로써 미친 사내에게는
살 닿는 것 중 그중 빛나는 황금 팔찌를 그 가슴 위에,
그래도 그 어지러운 불이 다스려지지 않거든
다스리는 노래는 바다 넘어서 하늘 끝까지.

하지만 사랑이거든
그것이 참말로 사랑이거든
서라벌 천 년의 지혜가 가꾼 국법보다도 국법의 불보다도

늘 항상 더 타고 있거라.

짐의 무덤은 푸른 영 위의 욕계 제2천.
피 예 있으니, 피 예 있으니, 어쩔 수 없이
구름 엉기고, 비 터 잡는 데— 그런 하늘 속.

내 못 떠난다.

* 선덕여왕은 지귀志鬼라는 자의 여왕에 대한 짝사랑을 위로해, 그 누워 자는 데 가까이 가,
가슴에 그의 팔찌를 벗어 놓은 일이 있다.
* 편집자주—3연 3행 '다스려지지 않거든'은 시집에는 '다 스러지지 않거든'으로 되어 있다.
다음 구절 '다스리는 노래'와 잘 조응하므로 『서정주육필시선』의 표기를 따랐다.

꽃밭의 독백

— 사소 단장娑蘇斷章

노래가 낫기는 그중 나아도

구름까지 갔다간 되돌아오고,

네 발굽을 쳐 달려간 말은

바닷가에 가 멎어 버렸다.

활로 잡은 산돼지, 매[鷹]로 잡은 산새들에도

이제는 벌써 입맛을 잃었다.

꽃아. 아침마다 개벽하는 꽃아.

네가 좋기는 제일 좋아도,

물낯바닥에 얼굴이나 비취는

헤엄도 모르는 아이와 같이

나는 네 닫힌 문에 기대섰을 뿐이다.

문 열어라 꽃아. 문 열어라 꽃아.

벼락과 해일만이 길일지라도

문 열어라 꽃아. 문 열어라 꽃아.

* 사소娑蘇는 신라 시조 박혁거세의 어머니. 처녀로 잉태하여, 산으로 신선 수행을 간 일이 있는데, 이 글은 그 떠나기 전, 그의 집 꽃밭에서의 독백.

사소의 편지 1

문을 밀고서 방으로 들어가듯
문을 밀고서 신방新房을 들어가듯
문을 열고 나와서 여기 좀 보아.
문을 열고 나와서 여기 좀 보아.

매가 이끄는 마지막 곳에 와서
나는 이렇게 압니다.
"여기는 잊었던 내 살들이라"고.

맑은 봄날을 종다리는 골라서
여기에 와 목젖을 맞대고,
소리개의 떼 금광맥 너머
숨을 바로 해 힘 기르는 곳
"여기는 잊었던 내 살들이라"고.

보아, 보아, 와 살며 보아,
문을 밀고서 방으로 들어가듯
문을 열고 나와서 여기 좀 보아.

예서부턴 핏줄이 녹금綠金으로 뻗치는 것을!

사람과 짐승 맨 앞인 예서부터

핏줄은 이제 녹금으로 뻗치어서

사람과 짐승의 맨 뒤로 연連하는 것을!

사소의 두 번째 편지 단편斷片

사소의 매는 사소가 산에 간 지 이듬해의 가을날, 그 아버지에게 두 번째의 편지를 그 발에 날라왔다. 이번 것은 새의 피가 아니라, 향풀의 진액을 이겨, 역시 손가락에 묻혀 적은 거였다. 피딱지의 두루마리는, 아직도, 집에서 가지고 간 그것이었다.
— 이것은 그 편지의 전반부 한 조각만 남은 것이다.

피가 잉잉거리던 병은 이제는 다 나았습니다.

올봄에
매는,
진갈매의 향수香水의 강물과 같은
한 섬지기 남짓한 이내[嵐]의 밭을 찾아내서

대여섯 달 가꾸어 지낸 오늘엔,
홍싸리의 수풀마냥 피는 서걱이다가
비취의 별빛 불들을 켜고,
요즈막엔 다시 생금生金의 광맥을 하늘에 폅니다.

아버지.
아버지에게로도,
내 어린것 불거내弗居內에게로도, 숨은 불거내의 애비에게로도,

또 먼먼 즈믄 해 뒤에 올 젊은 여인들에게로도,
생금 광맥을 하늘에 폅니다.

* 사소의 신선 수행 시절의 두 번째 편지.
  진갈매 : 짙은 갈매. 갈매는 녹색.
  이내 : 산기山氣 증청蒸淸한 하늘의 특수한 기운.
  불거내 : 박혁거세.

신라의 상품商品

이것은 언제나 매가 그 밝은 눈으로써 되찾아낼 수 있는 것이다.

그것이 만일에 솜같이 가벼운 것이기나 하고, 매의 눈에 잘 뜨이는 마당귀에나 놓여 있다면, 어느 사 간 사람의 집에서라도 언제나 매가 되채어 올릴 수까지 있는 것이다.

이것들이 제 고장에 살고 있던 때의 일들을 우리의 길동무 매는 그 전부터 잘 안다. 동 청송산을, 북 금강산을, 남 우지를, 서 피전을 오르내리며 보아 잘 안다.

눈을 뜨고 봐라, 이 솜을. 이 솜은 목화밭에 네 딸의 목화꽃이었던 것.

눈을 뜨고 봐라, 이 쌀을. 이 쌀은 네 아들의 못자리에 모였던 것, 모였던 것.

돌이! 돌이! 돌이! 삭은 재 다 되어가는 돌이!

이것은 우리들의 노래였던 것이다.

* 청송靑松, 금강金剛, 우지亏知, 피전皮田은 다 신라 때 산 이름.

구름다리

실성實聖 임금의 12년 8월
구름이 산에 이는 걸 보니,
방에 향 내음 밀리어오는
사람이 사는 다락 같더라.

어느 날 언덕길을 상여로 나가신 이가
그래도 안 잊히어 마을로 돌아다니며
낯모를 사람들의 마음속을 헤매다가,
날씨 좋은 날
날씨 좋은 날 휘영청하여
일찍이 마련했던 이 별저別邸에 들러 계셔

그보다는 적게 적게 땅을 기던 것들의 넋백도 몇 이끌고,
맑은 산 위 이냇길을
이 별저에 들러 계셔

현생하던 나날의 맑은 호흡, 호흡으로 다짐하고
마지막 다비의 불 뿜어 아름다이 낙성落成했던

이 별저에
이 별저에
이 별저에
들러 계셔

계림鷄林 사람들은 이것을 잔치하고
이 구름 밑 수풀을 성하게 하고
그 별저 오르내리기에 힘이 덜 들게
돌로 빚어 다리를 그 아래에 놨더라.

* 다비茶毘 : 화장.

백결가百結歌

낭산 밑 새말 사람 백결이는 가난해
주렁주렁 주렁주렁 옷을 기워 입은 게
메추라기 꿰미를 매어단 것 같대서
사람들이 그렇게 이름 지어 불렀다.

그렇지만 이 사람한텐 오래 두고 이쿼 온
슬기론 거문고가 한 채 있어서
밤낮으로 마음을 잘 풀어 갔기 때문에
가난도 앞장질런 서지 못하고
뒤에서 졸래졸래 따라다녔다.
그래서 나날이 해같이 되일어나
물같이 구기잖게 살아갔었다.

그러다가 어느 해는 섣달 그믐날
저녁때 이웃집 좁쌀 방아 소리에
마누라의 귀가 그만 깜박 솔깃해
'좁쌀'이라 한마디를 드뇌었더니

거문고 울리어 이 말 씻어서
또다시 물같이 흘러내렸다.

---

* 편집자주—2연 1행 '이퀴 온'은 시집에는 '익혀 온'으로 되어 있으나 시작 노트와 첫 발표
지인 『현대문학』(1957. 1)의 표기를 따랐다.

해

신라성대新羅聖代 소성대昭聖代

아달라의 임금 때

해는 연오의 아내 세오의 베틀에 가 매달려서도 살았다.

하늘에다 잉아를 이 여인이 먼저 걸어 놓았기 때문이다.

그래 이 여인과 그 비단이 어딜 가면은, 해도 그리로 따라다녔다.

신라인들은 이것을 모두 알고 있었기 때문에

어느 날은 바위가 업고 일본으로 바다 건너간 것을 쫓아가서 비단배

만 되찾아다가 놓았다.

* 편집자주—'신라성대 소성대'는 처용가 가사의 일부.
마지막 행은 시집에 '어느 날은 돌이 업고 일본으로 간 것을 쫓아가서 비단배만 찾아다가 놓
았다'로 되어 있으나 시인이 고쳤다(『서정주문학전집』).

노인 헌화가

"붉은 바윗가에
잡은 손의 암소 놓고,
나−ㄹ 아니 부끄리시면
꽃을 꺾어 드리리다."

이것은 어떤 신라의 늙은이가
젊은 여인네한테 건네인 수작이다.

"붉은 바윗가에
잡은 손의 암소 놓고,
나−ㄹ 아니 부끄리시면
꽃을 꺾어 드리리다."

햇빛이 포근한 날 ─ 그러니까 봄날,
진달래꽃 고운 낭떠러지 아래서
그의 암소를 데리고 서 있던 머리 흰 늙은이가
문득 그의 앞을 지나는 어떤 남의 안사람보고
한바탕 건네인 수작이다.

자기의 흰 수염도 나이도
다아 잊어버렸던 것일까?

물론
다아 잊어버렸었다.

남의 아내인 것도 무엇도
다아 잊어버렸던 것일까?

물론
다아 잊어버렸었다.

꽃이 꽃을 보고 웃듯이 하는
그런 마음씨밖엔, 아무껏도 가진 것이 없었었다.

기마騎馬의 남편과 동행자 틈에
여인네도 말을 타고 있었다.

"아이그마니나 꽃도 좋아라
그것 나 조끔만 가져 봤으면."

꽃에게론 듯 사람에게론 듯
또 공중에게론 듯

말 위에 갸우뚱 여인네의 하는 말을
남편은 숙맥인 양 듣기만 하고,
동행자들은 또 그냥 귓전으로 흘려보내고,
오히려 남의 집 할애비가 지나다가 귀동냥하고
도맡아서 건네는 수작이었다.

"붉은 바윗가에
잡은 손의 암소 놓고,
나-ㄹ 아니 부끄리시면
꽃을 꺾어 드리리다."

꽃은 벼랑 위에 있거늘,
그 높이마저 그만 잊어버렸던 것일까?
물론
여간한 높낮이도
다아 잊어버렸었다.

한없이
맑은
공기가
요샛말로 하면―그 공기가
그들의 입과 귀와 눈을 적시면서
그들의 말씀과 수작들을 적시면서
한없이 친한 것이 되어 가는 것을
알고 또 느낄 수 있을 따름이었다.

고조

고조古調 1

하늘에서 내려오는 성한 동아줄이나 있다면
샘 속이라도 몇만 리라도 갈 길이나 있다면
샛바람이건 무스개 바람이건 될 수라도 있다면
매달려서라도 자맥질해서라도 가기야 가마.
문틈으로건 벽틈으로건 가기야 가마.
허지만 너, 내 눈앞에 매운재나 되어 있다면
내 어찌 뿌리치고 올꼬.
훙근헌 물이나 되어 있다면
내 어찌 뿌리치고 올꼬.

* 편집자주—이 시는 시집에 수록되면서 주요 시어들이 현대어로 바뀌었다(하눌 → 하늘, 몇 만 리 → 몇만 리, 무스개 바람 → 무슨 바람, 허지만 → 하지만, 훙근헌 → 훙건한). 제목과 시인의 의도를 존 중하여 시작 노트와 발표지인 『현대문학』(1957. 2) 표기를 따랐다. 7행과 9행의 '뿌리치고'는 『서정주문학전집』에 수록되면서 삽입되었다.

고조古調 2

국화꽃이 피었다가 사라진 자린
국화꽃 귀신이 생겨나 살고

싸리꽃이 피었다가 사라진 자린
싸리꽃 귀신이 생겨나 살고

사슴이가 뛰놀다가 사라진 자린
사슴이네 귀신이 생겨나 살고

영 너머 할머니의 마을에 가면
할머니가 보시던 꽃 사라진 자리
할머니가 보시던 꽃귀신들의 떼

꽃귀신이 생겨나서 살다 간 자린
꽃귀신의 귀신들이 또 나와 살고

사슴이의 귀신들이 살다 간 자린
그 귀신의 귀신들이 또 나와 살고

진주 가서

백일홍 꽃망울만 한 백일홍 꽃빛 구름이
하늘에 가 열려 있는 것을 본 일이 있는가.

1·4후퇴 때 나는 진주 가서 보았다.

암수의 느티나무가 오백 년을 의 안 상하고
사는 것을 보았는가.

1·4후퇴 때 나는 진주 가서 보았다.

기생이 청강淸江의 신이 되어 정말로 살고 계시는 것을 보았는가.

1·4후퇴 때 나는 진주 가서 보았다.

그의 가진 것에다 살을 비비면 병이 낫는다고,
아직도 귀때기가 새파란 새댁이
논개의 강물에다 두 손을 적시고 있는 것을
시인 설창수가 손가락으로 가리켜 주어서 보았다.

숙영이의 나비

먼저 죽은 애인 양산이의 무덤 앞에 숙영이가 오자, 무덤은 두 쪽으로 갈라져 입을 열었다. 숙영이가 그래 그리로 뛰어드는 걸 옆에 있던 가족이 그리 못하게 치마 끝을 잡으니, 그건 찢어져 손에 잠깐 남았다가, 이내 나비로 변했다─는 우리 옛이야기가 있다.

그 나비는 아직도 살아서 있다.
숙영이와 양산이가 날 받아 놓고
양산이가 먼저 그만 이승을 뜨자
숙영이가 뒤따라서 쫓아가는 서슬에
생긴 나빈 아직도 살아서 있다.
숙영이의 사랑 앞에 열린 무덤 위,
숙영이의 옷 끝을 잡던 식구 옆,
붙잡히어 찢어진 치마 끝에서
난 나비는 아직도 살아서 있다.

기다림

내 기다림은 끝났다.
내 기다리던 마지막 사람이
이 대추 굽이를 넘어간 뒤
인젠 내게는 기다릴 사람이 없으니.

지나간 소만小滿의 때와 맑은 가을날들을
내 이승의 꿈잎사귀, 보람의 열매였던
이 대추나무를
인제는 저승 쪽으로 들이밀꺼나.
내 기다림은 끝났다.

귓속말

재롱조

언니 언니 큰언니
깨묵 같은 큰언니
아직은 난 새 밑천이
바다 아니 났으니,
언니 언니 큰언니
삼경 같은 큰언니
눈 그리메서껀 아울러
안아나 한번 드릴까.

귓속말

아주머니 소근거리는 귓속말씀은
칠월달 감나무 같긴 하옵니다만
결국은 그렇게 소근거릴 필요도
하나도 없기는 없겠구먼요.
당신네 집 제일 이쁜 어린애기는
칭얼칭얼 늘 그냥 그럴 뿐이지
어디메 귓속말이나 할 줄이나 알아요?

뚜쟁이조

여기는 신방新房은 신방이어요.
웃도리 속옷까진 흔히 벗어 버리는
안방의 신방은 신방이어요.
상층에 다락다락 복숭안 물론
땅바닥에 민들레 까치마늘도
웃도리 속옷까진 벗고 나오는
신방은 틀림없는 신방이어요.

어느 유생儒生의 딸의 말씀

두 송이 접시꽃 모란꽃같이
향기라도 적시고는 살겠습니다.
그렇지만 별같이는 못 살겠어요.
물이 물이 바닷물이 아주 닳아서
돌이 돌이 돌이 돌이 돌이 된 듯한
별같이 헤어져선 못 살겠어요.
끝까지 헤어져선 못 살겠어요.

석류개문石榴開門

공주님 한창 당년 젊었을 때는
혈기로 청혼이사 나도 했네만,
너무나 청빈한 선비였던 건
그적에나 이적에나 잘 아시면서
어쩌자 가을 되어 문은 삐걱 여시나?
수두룩한 자네 딸, 잘 여무른 딸
상객上客이나 두루 한번 가 보라시나?
건넛말 징검다리밖엔 없는 나더러
무얼 타고 신행길은 따라가라나?

오갈피나무 향나무

나무 나무 향나무.
오갈피나무 향나무.
오시는 님 문전에
오갈피나무 향나무.

저렇게도 쑥 같은 울타리에 영창에
애꾸눈이도 탐 안 낼 너울이나 쓰고 살라면,
속에 속에 창문 닫고, 미닫이 닫고 살라면,
안에다만 불 밝히고 단둘이서만 살라면,

밭사랑에서도 안사랑에서도 아무개씨도 모르게
삼삼하신 사랑노래사 일만 년은 가겠네.
안사랑에서도 밭사랑에서도 아무개씨도 모르게
삼삼하신 사랑노래사 일만 년은 가겠네.

나무 나무 향나무.
오갈피나무 향나무.

오시는 님 문전에
오갈피나무 향나무.

진영이 아재 화상畫像

우리 마을 진영이 아재 쟁기질 솜씬
이쁜 계집애 배 먹어 가듯
이쁜 계집애 배 먹어 가듯
안개 헤치듯, 장갓길 가듯.

샛별 동곳 밑 구레나룻은
싸리밭마냥으로 싸리밭마냥으로,
앞마당 뒷마당 두루 쓰시는
아주먼네 손끝에 싸리비마냥으로.

수박꽃 피어 수박 때 되면
소소리바람 위 원두막같이,
숭어가 자라서 숭어 때 되면
숭어 뛰노는 강물과 같이,

당산나무 밑 놓는 꼬누는,
늙은이 젊은애 다 훈수 대어

어깨너머 기우뚱 놓는 꼬누는
낱낱이 뚜렷이 칠성판 같더니.

무제

가을에

오게
아직도 오히려 사랑할 줄을 아는 이.
쫓겨나는 마당귀마다, 푸르고도 여린
문들이 열릴 때는 지금일세.

오게
저속低俗에 항거하기에 여울지는 자네.
그 소슬한 시름의 주름살들 그대로 데리고
기러기 앞서서 떠나가야 할
섧게도 빛나는 외로운 안항雁行—이마와 가슴으로 걸어야 하는
가을 안항이 비롯해야 할 때는 지금일세.

작년에 피었던 우리 마지막 꽃—국화꽃이 있던 자리,
올해 또 새것이 자넬 달래 일어나려고
백로白露는 상강霜降으로 우릴 내리 모네.

오게
지금은 가다듬어진 구름.

헤매고 뒹굴다가 가다듬어진 구름은
이제는 양귀비의 피비린내 나는 사연으로는 우릴 가로막지 않고,
휘영청한 개벽은 또 한번 뒷문으로부터
우릴 다지려
아침마다 그 서리 묻은 얼굴들을 추켜들 때일세.

오게
아직도 오히려 사랑할 줄을 아는 이.
쫓겨나는 마당귀마다, 푸르고도 여린
문들이 열릴 때는 지금일세.

대화

지난달의 접시꽃과
새달의 국화 사이
물드는 대추나무 밑에
나는 서 있다.
바람이 육수陸水 치듯 여기에 몰려와서
대추낢에 대추들이 흔들릴 만한 소리로
"나요, 나요. 나를 모르겠어요?" 한다.

"모르겠다. 얼굴이 안 보여서 잘 모르겠다"고
내가 대답했더니,
잠시 섭섭하다는 기척을 하고는
치달리어 해 가까이 날아올라서
희살짓는 구름 옆에서 주춤대다가
들이쉬는 그리운 심호흡처럼
그 열린 입속으로 잦아들어 버린다.

"알겠다, 알겠다!"고
나는 대답하였다.

"애인이여, 네 화장날에는
한 줌 재흙으로 내 손 앞에 남던 애인이여!
눈 깜짝 사이 네 온몸의 피가 타서
굴뚝으로 날아올라 앉던 자리를!"

다섯 살 때

내가 고독한 자의 맛에 길든 건 다섯 살 때부터다.

부모가 웬일인지 나만 혼자 집에 떼놓고 온종일을 없던 날, 마루에 걸터앉아 두 발을 동동거리고 있다가 다듬잇돌을 베고 든 잠에서 깨어 났을 때 그것은 맨 처음으로 어느 빠지기 싫은 바닷물에 나를 끄집어 들이듯 이끌고 갔다. 그 바닷속에서는, 쑥국새라든가—어머니한테서 이름만 들은 형체도 모를 새가 안으로 안으로 안으로 초파일 연등밤의 초록 등불 수효를 늘여 가듯 울음을 늘여 가면서, 침몰해 가는 내 주위 와 밑바닥에서 이것을 부채질하고 있었다.

뛰어내려서 나는 사립문 밖 개울물 가에 와 섰다. 아까 빠져 있던 가 위눌림이 얄따라이 흑흑 소리를 내며, 여뀌풀 밑 물거울에 비쳐 잔잔해 지면서, 거기 떠 가는 얇은 솜구름이 또 정월 열나흗날 밤에 어머니가 해 입히는 종이적삼 모양으로 등짝에 가슴패기에 선선하게 닿아 오기 비롯했다.

무제

마리아, 내 사랑은 이젠
네 후광을 채색하는 물감이나 될 수밖에 없네.
어둠을 뚫고 오는 여울과 같이
그대 처음 내 앞에 이르렀을 땐,
초파일 같은 새 보리꽃밭 같은 나의 무대에
숱한 남사당 굿도 놀기사 놀았네만,
피란 결국은 느글거리어 못 견딜 노릇.
마리아.
이 춤추고, 전기 울듯 하는 피는 달여서
여름날의 제주祭酒 같은 쐬주나 짓거나,
쐬주로도 안 되는 노릇이라면 또 그걸로 먹이나 만들어서,
자네 뒤를 마지막으로 따르는—
허이옇고도 푸르스름한 후광을 채색하는
물감이나 될 수밖엔 없네.

사십

지당池塘 앞에 앉을깨가 둘이 있어서
네 옆에 가까이 내가 앉아 있긴 했어도
"사랑한다" 그것은 말씀도 아닌
벙어리 속의 오르막 음계의 메아리들 같아서
그렇게밖엔 아무껏도 더하지도 못하고
한 음계씩 차근차근 올라가고만 있었더니,
너 어디까지나 따라왔던 것인가
한 식경 뒤엔 벌써 거기 자리해 있진 않았다.

그 뒤부터 나는 산보로를 택했다.
처음엔 이 지당을 비켜 꼬부라져 간 길로,
그다음에는 이 길을 비켜 또 꼬부라져 간 길로,
그다음에는 그 길에서 또 멀리 꼬부라져 간 길로.

그런데 요즘은 아침 산책을 나가면
아닌 게 아니라 지당 쪽으로 또 한번 가 볼 생각도
가끔가끔 걸어가다 나기는 한다.

무제

종이야 될 테지, 되려면 될 테지
예 울던 대로 높다라히 걸려서

여기 갈림길
네 갈래 갈림길
해도 저물어
땅거미 끼는 제

종이야 될 테지, 되려면 될 테지
깨지면 깨진 대로 얼얼히 울어

자네 속 몰라
애탈 뿐이지
애타다가는
녹아갈 뿐이지

일천 년 자네 집 문지방에 울더라도
종이야 될 테지, 되려면 될 테지

젊어, 성城 둘레
맴돌아 부르다가
금 가건 내려져
시궁소릴 할지라도

종이야 될 테지, 되려면 될 테지
종이야 될 테지, 되려면 될 테지

무제

하여간 난 무언지 잃긴 잃었다.
약질의 체구에 맞게
무슨 됫박이나 하나 들고
바닷물이나 퍼내고 여기 있어 볼까.

별에는 도망갈 구멍도 없고
호주 말로 마구잡이 달려간대도
끝끝내 미어지는 포장布帳도 없을 테니!

여기 내 바랜 피 같은 물들
모여 괴어 서걱이는
이것 바닷물
되질하는 시늉이나 하고 있을까.

살 닿는 데 끼려온 그런 거든가.
네 손이 짧거든 내 손이 길거나
내 손이 짧거든 네 손이 길 것을,
아무리 닿으려도 닿지 않던 것인가.

하여간 난 무엇인지 잃긴 잃었다.

* 편집자주─4연 1행의 '끼려온'은 시집에는 '꾸려온'으로 되어 있으나 첫 발표지인 『현대문
학』(1957. 2) 표기를 따랐다.

무제

뺨 부비듯 결국은 그게 그거다.
하늬바람 마파람 소소리바람
바람의 떼 못 떠나고 보채 쌓는 건
뺨 부비듯 결국은 그게 그거다.

산아 푸른 산아 나보단은 덜 닳아진,
상대 삼황씨三皇氏 적부터 닳은 나보단은 덜 닳아진,
나보단은 젊고 키가 큰 산아

내가 살다 마침내 네 속에 들어가면
바람은 우릴 안고 돌고 돌아서,
우리는 드디어 차돌이라도 되렷다.
눈에도 잘 안 뜨일 나-ㄹ 무늬해
산아 넌 마침내 차돌이라도 돼야 하렷다.

그러면 차돌은 또 아양같이 거기 자리해서
자잘한 세사細砂, 세사, 세사라도 돼야 하렷다.
그 세사의 세사는 또 허연 흙이라도 돼야 하렷다.

그렇거든 산아
그때 우린 또 같이 누워
출렁이는 벌판의 풀을 기르는
제일 오래고도 늙은 것이 되리니

뺨 부비듯 결국은 그게 그거다.
하늬바람 마파람 소소리바람
바람의 떼 못 떠나고 보채 쌓는 건
뺨 부비듯 결국은 그게 그거다.

* 편집자주―'부비듯'은 시집에는 '비비듯'으로 되어 있으나 시작 노트와 『현대문학』(1957. 2)
표기를 따랐다. 4연 1행의 '거기'는 삽입했고, 3행의 '허연 흙'은 '뻘진흙'(『현대문학』) '뻘건 흙'
(시집) 가운데 최종 표기를 택했다(『서정주문학전집』).

어느 날 오후

오후 세시 반
웃는 이 없고,
서천西天엔
한 갈래
배를 깐 구름.
자네, 방 아랫목에서
옛날 하던 그대로
배를 깐 구름. 배를 깐 구름.
하필에 오도 가도 서도 못하고
늘펀히 자빠져서 배를 깐 구름.

시월유제十月有題

사색하고 고민하는 이마로써 길을 내 걸어가는
늦가을날 안려雁旅의 기러깃길을 아시는가.
오뉴월의 칡덤불과 칠팔월의 싸리재에
한동안씩 잊었던 이 엽전 선비의 길
시월상달 날 맑으니 또 북으로 뻗치는구나!
시월은 내 새 안려의 길이 서슬푸리 열리는 달.
내 서재 속 새 안려의 길이 불 밝히어 열리는 달.

어느 늦가을날

궁하던 철의 안경알 마찰공 스피노자마냥으로, 하늘은 내 가는 앞길의 석벽을 닦고,

맨 늦가을을 나는, 많은 사람의 수없는 왕래로 닳아진— 질긴 줄거리들만 남은, 누른 띠밭 길 위에 멎어 버렸었다.

갈매의 잔치였다가, 향기였다가, 한 켤레 메투리로 우리 발에 신겨졌다가, 다 닳은 뒤에는 길가에 던져져서, 마지막 앙상한 날들만을 드러내고 있는—다 닳은 신날 같은 모양을 한 이 의지! 이 의지!

이 속날들만이 또 한번 드러나 앉은 이 의지 때문이었다.

* 갈매 : 빛나는 녹색.

추일미음秋日微吟

울타릿가 감들은 엷은 물이 들었고
맨드라미 촉규蜀葵는 붉은 물이 들었다만
나는 이 가을날 무슨 물이 들었는고

안해박은 뜰 안에 큰 주먹처럼 놓이고
타래박은 뜰 밖에 작은 주먹처럼 놓였다만
내 주먹은 어디다가 놓았으면 좋을꼬

단식 후

내 오늘은
운모雲母 상석床石의
제기祭器처럼 와 앉아

내 산 앞, 젊은
백일홍 떼웃음을
물 대듯 가슴에 대어 오고 있음이여.

물 대듯 가슴에 대어 와서는
또 한 그루 갓 피운 꽃등지가 돼
우수수히 그댈 향해 밀려가고 있음이여.

사월달 초파일날
연등불 켜 가듯
켜 가곤, 켜 가고, 켜 가고 있음이여.

내, 오늘은
너 가까운 시골에 와 앉아,

운모 상석의 제기처럼 와 앉아,

산꿩 가듯 너의 집을 찾아가고 있음이여.
갈밭 가는 소리를 하늘에 내며
찾아가고 있음이여.

한국성사략韓國星史略

천오백 년 내지 일천 년 전에는

금강산에 오르는 젊은이들을 위해

별은, 그 발밑에 내려와서 길을 쓸고 있었다.

그러나 송학宋學 이후, 그것은 다시 올라가서

추켜든 손보다 더 높은 데 자리하더니,

개화 일본인들이 와서 이 손과 별 사이를 허무로 도벽해 놓았다.

그것을 나는 단신單身으로 측근側近하여

내 체내의 광맥을 통해, 십이지장까지 이끌어갔으나

거기 끊어진 곳이 있었던가,

오늘 새벽에도 별은 또 거기서 일탈한다. 일탈했다가는 또 내려와 관류하고, 관류하다간 또 거기 가서 일탈한다.

장을 또 꿰매야겠다.

두 향나무 사이

두 향나무 사이, 걸린 해마냥
지, 징, 지, 따, 쩡,
가슴아
인젠 무슨 금은金銀의 소리라도 해 보려무나.

내 각시는 이미 물도 피도 아니라
마지막 꽃밭 증발하여 괴인
시퍼렇디시퍼런 한 마지기 이내[嵐]!

간대도, 간대도,
서방西方 금색계金色界라든가 뭣이라든가
그런 데로밖엔 쏠릴 길조차 없으니.

가슴아. 가슴아.
너같이 말라 말라 광맥 앙상한
메마른 각시를 오늘 아침엔 데리고
지, 징, 지, 따, 쩡
무슨 금은의 소리라도 해 보려무나.

인연설화조

편지

내 어릴 때의 친구 순실이.
생각하는가.
아침 산골에 새로 나와 밀리는 밀물살 같던
우리들의 어린 날,
거기에 매어 띄웠던 그네[鞦韆]의 그리움을?

그리고 순실이.
시방도 당신은 가지고 있을 테지?
연약하나마 길 가득턴 그때 그 우리의 사랑을.

그 뒤,
가냘픈 날개의 나비처럼 헤매 다닌 나는
산 나무에도 더러 앉았지만,
많이는 죽은 나무와 진펄에 날아 앉아서 지내 왔다.

순실이.
이제는 주름살도 꽤 많이 가졌을 순실이.
그 잠자리같이 잘 비치는 눈을 깜박거리면서

시방은 어느 모래사장에 앉아 그 소슬한 비취의 별빛을 펴는가.

죽은 나무에도 산 나무에도 거의 다 앉아 왔거든
난들에도 굴형에도 거의 다 앉아 왔거든
인젠 자네와 내 주름살만큼이나 많은
그 골진 사랑의 떼들을 데리고
우리 어린 날같이 다시 만나세.
갓 트인 연蓮 봉오리에 낮 미린내도 실었던
우리들의 어린 날같이 다시 만나세.

* 미린내 : 은하.

여수旅愁

첫 창문 아래 와 섰을 때에는
피어린 모란의 꽃밭이었지만

둘째 창 아래 당도했을 땐
피가 아니라 피가 아니라
흘러내리는 물줄기더니,
바다가 되었다.

별아, 별아, 해, 달아, 별아, 별들아,
바다들이 닳아서 하늘 가면은
차돌같이 닳아서 하늘 가면은
해와 달이 되는가. 별이 되는가.

셋째 창문 영창에 어리는 것은
바닷물이 닳아서 하늘로 가는
차돌같이 닳는 소리, 자지른 소리.
셋째 창문 영창에 어리는 것은
가마솥이 끓어서 새로 솟구는

하이얀 김, 푸른 김, 사랑 김의 떼.

하지만 가기 싫네 또 몸 가지곤
가도 가도 안 끝나는 머나먼 여행.
뭉클어 밀리는 머나먼 여행.

그리하여 사상思想만이 바람이 되어
흐르는 내 형제의 앞잡이로서
철 따라 꽃나무에 기별을 하고,
옛 애인의 창가에 기별을 하고,
날과 달을 에워싸고 돌아다닌다.
눈도 코도 김도 없는 바람이 되어
내 형제의 앞을 서서 돌아다닌다.

바다

영원 파닥거려 일렁이는 재주밖에 없는
머리 풀어 산발한
떫디떫은
저 어질머리 같은 물결.

그 아래를 조끔만 내려가면, 입체는 입체다. 벌罰은 벌이다. 어이튼
결말은 결말, 결말은 결말이다.

마지막으로 뻘밭 우에 괴발 디뎌 나열한,
삼대밭 같은
삼대밭 같은
아무 데로도 걸어서 더 갈 데는 없는
저 천벌 받은 구속의 영원의 연립 입방체!
바다 만세!
바다 만세!
바다, 바다, 바다, 바다, 바다 만세!

무엇하러 내려왔던고?

무엇하러 물무동 서서
무엇하러 폭포질 쳐서
푸줏간의 쇠고깃더미처럼 내던져지는
저 낭떠러질 굴러 내려왔던고? 내려왔던고?

차라리 신방新房들을 꾸미었는가.
피가 아니라
피의 전 집단의 구경究竟의 정화淨化인 물로써,
조용하디조용한 물로써,
인제는 자리 잡은 신방들을 꾸미었는가.

가마솥에 연계닭이
사랑 김으로 날아오르는
구름더미 구름더미가 되도록까지는
오 바다여!

근교의 이녕 속에서

흙탕물 빛깔은
세수 않고 병들었던 날의 네 눈썹 빛깔 같다만,
이것은 썩은 뼈다귀와 살 가루와 피 바랜 물의 반죽.
기술가! 기술가!
이것은 일생 동안 심줄을 훈련했던 것이다.
사환이었던 것, 좀도둑이었던 것, 거지였던 것!
이것은 일생 동안 눈치를 훈련했던 것이다.
안잠자기였던 것, 창부였던 것, 창부였던 것!
이것은 시방도 내가 참여하면 반드시
묻거나 튀어박이는 기교를 가졌다.

이것 위에 씨를 뿌려 돼지를 길러
계집애를 살찌워 시집 보낼까.
사내애를 먹이어 양자를 할까.
그래, 또 한 벌 도복 지어 입혀서
국립 서울대학교라도 졸업시켜서
순수파라도 만들어 놓을 터이니
꾀부리지 말아라.

쑥국새 타령

애초부터천국의사랑으로서
사랑하여사랑한건아니었었다
그냥그냥네속에담기어있는
그냥그냥네몸에실리어있는
네천국이그리워절도했던건
아는사람누구나다아는일이다
아내야아내야내달아난아내
쑥국보단천국이더좋은줄도
젖먹이가나보단널더닮은줄도
어쩌서모르겠나두루잘안다
그러니딸꾹울음하고있다가
딸꾹질로바스라져가루가되어
날다가또네근방달라붙거든
옛살던정분으로너무털지말고서
하팔담상팔담서옛날하던그대로
또한번그어디만큼묻어있게해다오

인연설화조

언제이든가 나는 한 송이의 모란꽃으로 피어 있었다.
한 예쁜 처녀가 옆에서 나와 마주 보고 살았다.

그 뒤 어느 날
모란꽃잎은 떨어져 누워
메말라서 재가 되었다가
곧 흙하고 한 세상이 되었다.
그래 이내 처녀도 죽어서
그 언저리의 흙 속에 묻혔다.

그것이 또 억수의 비가 와서
모란꽃이 사위어 된 흙 위의 재들을
강물로 쓸고 내려가던 때,
땅 속에 괴어 있던 처녀의 피도 따라서
강으로 흘렀다.

그래, 그 모란꽃 사윈 재가 강물에서
어느 물고기의 배로 들어가

그 혈육에 자리했을 때,
처녀의 피가 흘러가서 된 물살은
그 고기 가까이서 출렁이게 되고,

그 고기를, ―그 좋아서 뛰던 고기를
어느 하늘가의 물새가 와 채어 먹은 뒤엔
처녀도 이내 햇볕을 따라 하늘로 날아올라서
그 새의 날개 곁을 스쳐 다니는 구름이 되었다.

그러나 그 새는 그 뒤 또 어느 날
사냥꾼이 쏜 화살에 맞아서,
구름이 아무리 하늘에 머물게 할래야
머물지 못하고 땅에 떨어지기에
어쩔 수 없이 구름은 또 쏘내기 마음을 내 쏘내기로 쏟아져서
그 죽은 샐 사 간 집 뜰에 퍼부었다.

그랬더니, 그 집 두 양주가 그 새고길 저녁상에서 먹어 소화하고,
이어 한 영아를 낳아 양육하고 있기에,

뜰에 내린 쏘내기도
거기 묻힌 모란씨를 불리어 움트게 하고
그 꽃대를 타고 또 올라오고 있었다.

그래 이 마당에
현생의 모란꽃이 제일 좋게 핀 날,
처녀와 모란꽃은 또 한 번 마주 보고 있다만,
허나 벌써 처녀는 모란꽃 속에 있고
전날의 모란꽃이 내가 되어 보고 있는 것이다.

제5시집

동천 冬天

시인의 말

1961년 제4시집 『신라초』를 낸 뒤 여태까지 발표해 온 것 중 50편을 골라 모아 『동천』이란 이름을 붙여 보았다. 그중 「마른 여울목」과 「무無의 의미」 두 편은 신구문화사판 『한국시인전집』 속의 내 선집에 이미 수록된 것이나 내 개인 시집 속엔 아직 끼이지 않았던 것이라 옮겨 여기 넣도록 했다.

『신라초』에서 시도하던 것들이 어느 만큼의 진경進境을 얻은 것인지, 하여간 나는 내가 할 수 있는 대로의 최선은 다해 온 셈이다. 특히 불교에서 배운 특수한 은유법의 매력에 크게 힘입었음을 여기 고백하여 대성大聖 석가모니께 다시 한번 감사를 표한다.

1968년 8월

동천

동천冬天

내 마음속 우리 님의 고은 눈섭을
즈믄 밤의 꿈으로 맑게 씻어서
하늘에다 옮기어 심어 놨더니
동지섣달 날으는 매서운 새가
그걸 알고 시늉하며 비끼어 가네

연꽃 만나고 가는 바람같이

섭섭하게,
그러나
아조 섭섭치는 말고
좀 섭섭한 듯만 하게,

이별이게,
그러나
아주 영 이별은 말고
어디 내생에서라도
다시 만나기로 하는 이별이게,

연꽃
만나러 가는
바람 아니라
만나고 가는 바람같이……

엊그제
만나고 가는 바람 아니라

한두 철 전

만나고 가는 바람같이……

피는 꽃

사발에 냉수도
부셔 버리고
빈 그릇만 남겨요.
아주 엷은 구름하고도 이별해 버려요.
햇볕에 새 붉은 꽃 피어나지만
이것은 그저 한낱 당신 눈의 그늘일 뿐,
두 번쨴가 세 번째로 접혀 깔리는
당신 눈의 엷디엷은 그늘일 뿐이어니……

* 편집자주─이 시의 7행과 8행은 『서정주문학전집』에서 시인이 고쳤다(접히는 그늘일 뿐 → 접혀 깔리는, 작디작은 → 엷디엷은).

님은 주무시고

님은
주무시고,
나는
그의 벼갯모에
하이옇게 수놓여 날으는
한 마리의 학이다.

그의 꿈속의 붉은 보석들은
그의 꿈속의 바닷속으로
하나하나 떨어져 내리어 가라앉고

한 보석이 거기 가라앉을 때마다
나는 언제나 한 이별을 갖는다.

님이 자며 벗어 놓은 순금의 반지
그 가느다란 반지는
이미 내 하늘을 둘러 끼우고

그의 꿈을 고이는
그의 벼갯모의 금실의 테두리 안으로
돌아오기 위해
나는 또 한 이별을 갖는다.

모란꽃 피는 오후

그대 있는 쪽
바람이 와
호수 되어
고이면서……

우리 둘 사이의 산마루
쓰담는 걸 쉬고
오늘은 그냥 와
호수 되어 고이면서……

그 호수 언덕에
산그늘이
둘의 걸로 깔리면서……

흠!
흠!
흠!
흠!

거기 피는 붉은 모란이
새 기침을 하면서……

아다지오조로
아다지오조로
산맥은
네게로 줄달음쳐 가면서……

천지에 시간은
인제
금시 잠을 깬
네 두 눈의 눈 깜작임이 되면서……

내 영원은

내 영원은
물빛
라일락의
빛과 향의 길이로라.

가다 가단
후미진 굴헝이 있어,
소학교 때 내 여선생님의
키만큼 한 굴헝이 있어,
이뿐 여선생님의 키만큼 한 굴헝이 있어,

내려가선 혼자 호젓이 앉아
이마에 솟은 땀도 들이는

물빛
라일락의
빛과 향의 길이로라
내 영원은.

내 그대를 사랑하는 마음은

내 그대를 사랑하는 마음은
이것은 차마 벌써 말씀도 아닌,
말씀이 아닐 것도 인제는 없는
구름 없는 하늘에 가 살고 있어요.

무지개 일곱 빛깔 타고 내려와
구름 속에 묻히어 앉아 쉬다가
빗방울에 싸여서 산수유에 내리면
산수유꽃 피어서 사운거리고

산수유꽃 떨어져 시드시어서
구름으로 날아가 또 앉아 쉬다
햇빛에 무지개를 타고 오르면
구름 없는 하늘에서 다시 살아요.

* 편집자주―2연 1행(햇빛의 → 무지개)과 3연 3행(푸리즘의 → 햇빛에)은 『서정주문학전집』을 따
랐다.

추석

대추 물들이는 햇볕에
눈 맞추어
두었던 눈섭.

고향 떠나올 때
가슴에 끄리고 왔던 눈섭.

열두 자루 비수 밑에
숨기어져
살던 눈섭.

비수들 다 녹슬어
시궁창에
버리던 날,

삼시 세끼 굶은 날에
역력하던
너의 눈섭.

안심찮아
먼 산 바위에
박아 넣어 두었더니

달아 달아 밝은 달아
추석이라
밝은 달아

너 어느 골방에서
한잠도 안 자고 앉았다가
그 눈섭 꺼내 들고
기왓장 넘어오는고.

눈 오시는 날

내 연인은 잠든 지 오래다.
아마 한 천 년쯤 전에……

그는 어디에서 자고 있는지,
그 꿈의 빛만을 나한테 보낸다.

분홍, 분홍, 연분홍, 분홍,
그 봄 꿈의 진달래꽃 빛갈들.

다홍, 다홍, 또 느티나무 빛,
짙은 여름 꿈의 소리 나는 빛갈들.

그리고 인제는 눈이 오누나……
눈은 와서 내리쌓이고,
우리는 제마닥 뿔뿔이 혼자인데

아 내 곁에 누어 있는 여자여.
네 손톱 속에 떠오르는 초생달에도

내 연인의 꿈은 또 한번 비친다.

마른 여울목

말라붙은 여울 바닥에는 독자갈들이 드러나고
그 우에 늙은 무당이 또 포개어 앉아
바른손바닥의 금을 펴어 보고 있었다.

이 여울을 끼고는
한켠에서는 소년이, 한켠에서는 소녀가
두 눈에 초롱불을 밝혀 가지고 눈을 처음 맞추고 있던 곳이다.

소년은 산에 올라
맨 높은 데 낭떠러지에 절을 지어 지성을 디리다 돌아가고,
소녀는 할 수 없이 여러 군데 후살이가 되었다가 돌아간 뒤……

그들의 피의 소원을 따라 그 피의 분꽃 같은 빛갈은 다 없어지고
맑은 빗낱이 구름에서 흘러내려 이 앉은 자갈들 우에 여울을 짓더니
그것도 하릴없어선지 자취를 감춘 뒤

말라붙은 여울 바닥에는 독자갈들이 드러나고
그 우에 늙은 무당이 또 포개어 앉아

바른손바닥의 금을 펴어 보고 있었다.

무無의 의미

이것은 꽃나무를 잊어버린 일이다.

그 제각祭閣 앞의 꽃나무는 꽃이 진 뒤에도 둥치만은 남어
그 우에 꽃이 있던 터전을 가지고 있더니
인제는 아조 고갈해 문드러져 버렸는지
혹은 누가 가져갔는지,
아조 뿌리채 잊어버린 일이다.

어떻게 헐까.
이 꽃나무는 시방 어데 가서 있는가.
그러고 그 씨들은 또 누구누구가 받어다가 심었는가.
그래 어디어디 몇 집에서 피어 있는가?

지난번 비 오는 날에도
나는 그 씨들 간 데를 물어 떠나려 했으나 뒤로 미루고 말았다.
낱낱이 그 씨들 간 데를 하나투 빼지 않고 물어 가려던 것을 미루고
말았다.

그러기에 이것은 또 미루는 일이다.

그 꽃씨들이 간 곳을 사람들은 또 낱낱이 다 외고나 있을까?
아마 다 잊어버렸을는지도 모른다.

그렇다면 이것은 외고 있지도 못하는 일.

이것은 이렇게 꽃나무를 잊어버린 일이다.

동지冬至의 시

씨베리야의
카츄샤 마슬로봐의
이만 명 분의
남긴
호흡 같은 날.

길 뜬 지 달포가 넘는 내 석류 가지의 루비들은
얼마 전 무욕 색계의 그 친정에 들러
골방 금침錦枕 우에 비스듬이 누어 있고,

간 봄의 내 초원 장제草原長堤의 쑥대밭의 비취들은
몇 달을 가서 쉬고
무운천無雲天에서 다시 내려올 채비들을 하느라고
수런거려 쌓는다.

아아 내 키만큼 한 비취의 공규空閨.
아아 내 안해의 키만큼 한 비취의 공규.
친정 간 내 안해와 남은 내 키만큼 한 비취의 공규.

아아 내 아들의 키만큼 한 루비의 공규.
아아 내 며느리의 키만큼 한 루비의 공규.
친정 간 내 며느리와 남은 내 아들의 키만큼 한 루비의 공규.

돋아날 민들레의 장래의 육신을 재고 있는 대신
천리의 동지 여행을 나도 다니어 오리.

저무는 황혼

새우마냥 허리 오구리고
누엿누엿 저무는 황혼을
언덕 넘어 딸네 집에 가듯이
나도 인제는 잠이나 들까.

굽이굽이 등 굽은
근심의 언덕 넘어
골골이 뻗히는 시름의 잔주름뿐,
저승에 갈 노자도 내겐 없느니

소태같이 쓴 가문 날들을
역구풀 밑 대어 오던
내 사랑의 보 또랑물
인제는 제대로 흘러라 내버려 두고

으시시히 깔리는 머언 산 그리메
홑이불처럼 말아서 덮고
엣비슥히 비끼어 누어
나도 인제는 잠이나 들까.

고대적 시간

선운사 동구

선운사 골째기로
선운사 동백꽃을 보러 갔더니
동백꽃은 아직 일러 피지 안했고
막걸릿집 여자의 육자배기 가락에
작년 것만 상기도 남었습니다.
그것도 목이 쉬어 남었습니다.

* 편집자주―5행의 '상기도'는 '아직도'(『예술원보』, 1967), '오히려'(『동천』, 1968), '시방도'(『서정주
문학전집』, 1972)와 함께 여러 번 고쳐 쓴 결과다. '고랑'은 '골째기'로, '않았고'는 '안했고'로 고
쳤다. 국내 유일의 서정주 친필 시비인 선운사 시비(1974)의 표기를 반영했다.

삼경三更

이슬 머금은 새빨간 동백꽃이
바람도 없는 어두운 밤중
그 벼랑에서 떨어져 내리고 있습니다
깊은 강물 우에 떨어져 내리고 있습니다

재채기

어디서
누가
내 말을 하나?

가을 푸른 날
미닫이에 와 닿는 바람에
날씨 보러 뜰에 내리다 쏟히는 재채기

어디서
누가
내 말을 하나?

어디서 누가 내 말을 하여
어느 꽃이 알아듣고 전해 보냈나?

문득 우러른 서산西山 허리엔
구름 개여 놋낱으로 쪼이는 양지.
옛사랑 물결 짓던

그네의 흔적.

어디서
누가
내 말을 하나?

어디서 누가 내 말을 하여
어느 소가 알아듣고 전해 보냈나?

우리 님의 손톱의 분홍 속에는

우리 님의
손톱의
분홍 속에는
내가 아직 못다 부른
노래가 살고 있어요.

그 노래를
못다 하고
떠나올 적에
미닫이 밖 해 어스름 세레나드 위
새로 떠 올라오는 달이 있어요.

그 달하고
같이 와서
바이올린을 키면서
아무리 생각해도 생각 안 나는
G선의 멜로디가 들어 있어요.

우리 님의
손톱의
분홍 속에는
전생의 제일로 고요한 날의
사둔댁 눈웃음도 들어 있지만

우리 님의
손톱의
분홍 속에는
이승의 빗바람 휘모는 날에
꾸다 꾸다 못다 꾼
내 꿈이 서리어 살고 있어요.

여자의 손톱의 분홍 속에서는

"파리스하고
붙는 건
인젠 당신이나 하슈.
나는
본서방한테로
그리샤로
돌아갈 테니까."

헬렌이
비이너스를
핀잔하는
소리가 나고

얼쩡얼쩡하다가
군인의
창에 찔려
거꾸러지는
비이너스의 피가 보인다.

사람 것보단은
아조 말쩡하다는
비이너스의 피가 보인다.

비인 금가락지 구멍

이 비인 금가락지 구멍에
끼었던 손가락은
이 구멍에다가 그녀 바다를 조여 끼어 두었었지만
그것은 구름 되어 하늘로 날아가고……

이 비인 금가락지 구멍에
끼었던 손가락은
한 하늘의 구름을 또 조여서 끼었었지만
그것은 또 우는 비 되어 땅으로 내려지고……

이 비인 금가락지 구멍에
끼었던 손가락은
인제는 그 어지러운 머리골치를 거두어
누군가의 주머니 속으로
들어간 것까진 알겠다만

누구냐
그 허리에 찬 주머니 속의 그녀 어질머리로

오동꽃 내음새 나는 피리 소리를
연거푸 연거푸 이 구멍으로 불어넣어 보내고만 있는 너는?

수로부인의 얼굴
— 미인을 찬양하는 신라적 어법

1

암소를 끌고 가던
수염이 흰 할아버지가
그 손의 고삐를
아조 그만 놓아 버리게 할 만큼,

소 고삐 놓아두고
높은 낭떠러지를
다람쥐 새끼같이 뽀르르르 기어오르게 할 만큼,

기어올라 가서
진달래꽃 꺾어다가
노래 한 수 지어 불러
갖다 바치게 할 만큼,

2

정자에서 점심 먹고 있는 것
엿보고

바닷속에서 용이란 놈이 나와
가로채 업고
천 길 물속 깊이 들어가 버리게 할 만큼,

3
왼 고을 안 사내가
모두
몽둥이를 휘두르고 나오게 할 만큼,
왼 고을 안 사내들의 몽둥이란 몽둥이가 다 나와서
한꺼번에 바닷가 언덕을 아푸게 치게 할 만큼,

왼 고을 안의 말씀이란 말씀이
모조리 한꺼번에 몰려나오게 할 만큼,

"내놓아라
내놓아라
우리 수로
내놓아라."

여럿의 말씀은 무쇠도 녹인다고
물속 천 리를 뚫고
바다 밑바닥까지 닿아 가게 할 만큼,

4
업어 간 용도 독차지는 못하고
되업어다 강릉 땅에 내놓아야만 할 만큼,
안장 좋은 거북이 등에
되업어다 내놓아야만 할 만큼,

그래서
그 몸뚱이에서는
왼갖 용궁 향내까지가
골고루 다 풍기어 나왔었느니라.

영산홍

영산홍 꽃잎에는
산이 어리고

산자락에 낮잠 든
슬픈 소실댁

소실댁 툇마루에
놓인 놋요강

산 너머 바다는
보름사리 때

소금발이 쓰려서
우는 갈매기

봄볕

내 거짓말 왕궁의
아홉 겹 담장 안에
김치 속 속배기의
미나리처럼 들어 있는 나를

놋낱 같은 봄 햇볕 쏟아져 나려
육도삼략으로
그 담장 반나마 헐어,

내 옛날의 막걸리 친구였던
바람이며 구름
선녀 치마 훔친 버꾸기도 불러,
내 오늘은
그 헐린 데를 메꾸고 섰나니……

고요

이 고요 속에
눈물만 가지고 앉았던 이는
이 고요 다 보지 못하였네.

이 고요 속에
이슥한 삼경의 시름
지니고 누었던 이도
이 고요 다 보지는 못하였네.

눈물,
이슥한 삼경의 시름,
그것들은
고요의 그늘에 깔리는
한낱 혼곤한 꿈일 뿐,

이 꿈에서 아조 깨어난 이가
비로소
만 길 물 깊이의

벼락의

향기의

꽃새벽의

옹달샘 속 금 동아줄을

타고 올라오면서

임 마중 가는 만세 만세를

침묵으로 부르네.

무제

매가
꿩의 일로서
울던 데를 이얘기할 테니
우리나라 수실로
마누라보고 벼갯모에 수놓아 달래서
벼고 쉬게나.
눈물을 아조 잘 수놓아 달래서
벼고 쉬게나.

내가 돌이 되면

내가
돌이 되면

돌은
연꽃이 되고

연꽃은
호수가 되고

내가
호수가 되면

호수는
연꽃이 되고

연꽃은
돌이 되고

외할머니네 마당에 올라온 해일

― 쏘네트 시작試作

외할먼네 마당에 올라온 해일엔요.
예순 살 나이에 스물한 살 얼굴을 한
그리고 천 살에도 이젠 안 죽기로 한
신랑이 돌아오는 풀밭길이 있어요.

샛솔가지 울타리, 옥수수밭 사이를
올라오는 해일 속 신랑을 마중 나와
하늘 안 천 길 깊이 묻었던 델 파내서
새각시 때 연지를 바르고, 할머니는

다시 또 파, 무더기 웃는 청사초롱에
불 밝혀선 노래하는 나무나무 잎잎에
주절히 주절히 매여 달고, 할머니는

갑술년이라던가 바다에 나갔다가
해일에 넘쳐 오는 할아버지 혼신魂身 앞
열아홉 살 첫사랑 적 얼굴을 하시고

어느 날 밤

오늘 밤은 딴 내객*客은 없고,
초저녁부터
금강산 후박꽃나무가 하나 찾어와
내 가족의 방에
하이옇게 피어 앉어 있다.
이 꽃은 내게 몇 촌뻘이 되는지
집을 떠난 것은 언제 적인지
하필에 왜 이 밤을 골라 찾어왔는지
그런 건 아무리 해도 생각이 안 나나
오랜만에 돌아온 식구의 얼굴로
초저녁부터
내 가족의 방에 끼여들어 와 앉어 있다.

한양호일漢陽好日

　열대여섯 살짜리 소년이 작약꽃을 한 아름 자전거 뒤에다 실어 끌고 이조의 낡은 먹기와집 골목길을 지내가면서 연계 같은 소리로 꽃 사라고 웨치오. 세계에서 제일 잘 물디려진 옥색의 공기 속에 그 소리의 맥이 담기오. 뒤에서 꽃을 찾는 아주머니가 백지의 창을 열고 꽃장수 꽃장수 일루 와요 불러도 통 못 알아듣고 꽃 사려 꽃 사려 소년은 그냥 열심히 웨치고만 가오. 먹기와집들이 다 끝나는 언덕 위에 올라서선 작약꽃 앞자리에 냉큼 올라타서 방울을 울리며 내달아 가오.

산골 속 햇볕

잊어버려라
그래 우리는 다음 산골로 가자.

잊어버려라 또 한번 더 잊어버려
그래
우리는 또 그다음 산골로 가자.

잊어버려라
자꾸자꾸 잊어버려
그래 우리는
또 그다음 그다음 산골로 가자.

그래서 마지막 우리 앞에 깔리일 것은
산골 속 깔아 논 멧방석만 한
멧방석만 한 산골 속 햇볕.
멧방석만 한 산골 속 햇볕.

전주우거 全州隅居

어제는 뒷산에 올라 명창 심녀沈女의 못등과 비석을 보고

오늘은 앞 방축가를 지내다가 언덕배기에 쬐그만 자짓빛 앉은뱅이 꽃 하나를 보았다.

심녀의 초라한 못등 앞에 비석은 명필 이삼만의 글씨였고,

앉은뱅이꽃 옆에는 흰 염소가 한 마리 매여 있었다.

그밖엔 논어나 가끔 읽는 일일까.

아, 참, 그 앉은뱅이꽃과 염소의 곁을 지내면서 보면 먼 산맥들이 있는 건 사실이다.

그러나 맑은 날엔 밋밋이 빛나고, 바람 부는 날엔 또 그것들도 흔들리기도 하고 다가서기도 하는 것 같을 따름이다.

중이 먹는 풋대추

이차돈의 목을 베니
젖이 났더란 말을 듣고
열다섯 살에는
낄 낄 낄 낄 웃더니만

저 화상和尙은 올가을 대추나무 대추에
그 몸속의 핏빛을
꾸어 주어 버리고
냉숫물만 쫄 쫄 쫄 담고 있다가

시월이라 상달에
너무 심심하여서
채권으로 꾸어 준 걸
그 대추한테서 지천으론 다시 받아들이고 있다.

에누리도 해 가며
기러기 햇빛 속에서
지천으론 다시 받아들이고 있다.

* 편집자주—이 시의 원제목은 「채권」이지만 『서정주문학전집』에서 제목이 바뀌고 시어가 몇 군데 수정되었다(올여름 → 올가을, 담고 있더니 → 담고 있다가, 외느리 → 에누리, 지천으론 삽입).

290

마흔다섯

마흔다섯은
귀신이 와 서는 것이
보이는 나이.

참 대 밭 같이
참 대 밭 같이

겨울 마늘 볕
풍기며,
처녀 귀신들이
돌아와 서는 것이
보이는 나이.

귀신을 길들 만큼 지긋치는 못해도
처녀 귀신허고도
상면은 되는 나이.

실한 머슴
— 마르끄 샤가르풍으로

삼월 삼짇날
제비는 날아들고
머슴은 점심먹고
가슴은 아푸지만

머슴은
지게 우에
산을 지고
솔거울을 지고
또 진달래꽃 3층으로 꽂아 지고

머슴은
어깨 우에
안주인을 이고
밭주인을 이고
또 새로 깐 건 2층으로 받쳐 이고

나무 나무 속잎 나고

가지 꽃 피고
머슴은 점심먹고
가슴은 아푸지만

가벼히

애인이여
너를 맞날 약속을 인젠 그만 어기고
도중에서
한눈이나 좀 팔고 놀다 가기로 한다.
너 대신
무슨 풀잎사귀나 하나
가벼히 생각하면서
너와 나 새이
절간을 짓더래도
가벼히 한눈파는
풀잎사귀 절이나 하나 지어 놓고 가려 한다.

연꽃 위의 방

세 마리 사자가
이마로 이고 있는 방 공부는
나는 졸업했다.

세 마리 사자가 이마로 이고 있는 방에서
나는
이 세상 마지막으로 나만 혼자 알고 있는
네 얼굴의 눈섭을 지워서
먼발치 버꾸기한테 주고,

그 방 위에 새로 핀
한 송이 연꽃 위의 방으로
핑그르르
연꽃잎 모양으로 돌면서
시방 금시 올라왔다.

고대적 시간

만일에
이 시간이
고요히 깜작이는 그대 속눈섭이라면

저 느티나무 그늘에
숨어서 박힌
나는 한 알맹이 홍옥이 되리.

만일에
이 시간이
날카로히 부딪치는 그대 두 손톱 끝 소리라면

나는
날개 돋쳐 내닫는
한 개의 화살.

그러나
이 시간이

내 사막과 산 사이에 늘인
그대의 함정이라면

나는
그저 포효하고
눈 감는 사자.

또
만일에 이 시간이
45분만큼씩 쓰담던
그대 할아버지 텍수염이라면
나는 그저 막걸리를 마시리.

여행가

여행가 旅行歌

행인들은 두루 이미 제집에서 입고 온 옷들을 벗고
만 리에
날아가는 학두루미들을 입고,

하늘의
텔레비전에는
오천 년쯤의 객귀와
사자 몇 마리
연꽃인지 강 갈대를
이마에 여서 피우고,

바람이 불어서
그 갈대를 한쪽으로 기울이면
나는 지낸밤 꿈속의 네 눈섭이 무거워
그걸로 여기
한 채의 새 절간을 지어 두고 가려 하느니

애인이여

아침 산의 드라이브에서
나와 같은 잔에 커피를 마시며
인제 가면 다시는 안 오겠다 하는가?

그렇다
그것도 또 필요한 일이다.

봄치위

어디서
어디 한 오백 리쯤 남쪽 바닷가에서
동백꽃 봉오리 새로 물드는 소리······

그건 아푼 것인가,
아푼 것인가,

동백꽃 봉오리가 다하지 못한 몸짓
바닷물이 받아서 웅얼거리는 소리······
제일 깊은 데 가서는 아닌 게 아니라 그렇게 하고 있는 소리······

섭씨 2도의 새초롬한 바람은 알아듣고
목청 돋구는 이화중선이처럼
가야금 쩡 줄의 청을 곤추세운다.

* 이화중선 : 해방 전의 여성 국창國唱.

내가 또 유랑해 가게 하는 것은

병 나아
기러기표 옥양목의
새옷 새로 갈아입고,
눈멀었던 햇빛
눈 띄여
내가 또 유랑해 가게 하는 것은
내가 거짓말 안 한
단 하나의 처녀 귀신이 나를 찾아오기 때문이다.
문둥이산 바윗금 속에도 길을 내여
그 눈섭이 또다시 찾아오기 때문이다.
겨드랑에 옛 호수를 꺼내여 끼고
아버지가 입고 가신 두루마기 내음새로
내가 또 유랑해 가게 하는 것은……

칡꽃 위에 버꾸기 울 때

누군가 다 닳은 신발을 끌고
세계의 끝을 걸어가고 있다.
발바닥에 밟히는
모래 소리 들린다.
세계의 끝에서 죽지 아니하고
또 걸어가면서
버꾸기가 따라 울어
보라 등빛
칡꽃이 피고,
나도 걷기 시작한다.
세계의 끝으로
어쩔 수 없이……

일요일이 오거든

일요일이 오거든
친구여
인제는 우리 눈 아조 다 깨여서
찾다가 찾다가 놓아둔
우리 아직 못 찾은
마지막 골목길을 찾아가 볼까?

거기 잊혀져 걸려 있는 사진이
오래오래 사랑하고 살던
또 다른 사진들도 찾아가 볼까?

일요일이 오거든
친구여
인제는 우리 눈 아주 다 깨여서
차라리 맑은 모랫벌 위에
피어 있는 해당화 꽃이라도 될까?

하늘에 분홍 불 붙이고 서서

이 분홍 불의 남는 것은
또 모래알들한테라도 줄까?

일요일이 오거든
친구여
심청이가 인당수로 가던 길도,
춘향이가 다니던
우리 아직 안 가 본 골목도
찾아가 볼까?

일요일이 오거든
친구여
인제는 우리 눈 아주 다 깨어서
찾다 찾다 놓아둔
우리 아직 못 찾은
마지막 골목들을 찾아가 볼까?

* 편집자주―이 시는 『서정주문학전집』 표기를 반영했다(찾다가 → 찾다가 찾다가, 꽃같이 → 꽃이라도,
우리 하늘의 → 하늘에, 부치고 → 붙이고, 모래알들에게나 → 모래알들한테라도).

무제

몸살이다 몸살이다
모두가 다 몸살이다.

저 거센 바람에도 가느다란 바람에도
끊임없이 굽이치는 대수풀을 보아라

몸살이다 몸살이다
틀림없는 몸살이다.

몰려왔다 몰려갔다 구을르는 구름들
뼛속까지 스며드는 금빛 햇살 보아라

몸살이다 몸살이다
끝없는 몸살이다.

석류꽃

춘향이
눈섭
너머
광한루 너머
다홍치마 빛으로
피는 꽃을 아시는가?

비 개인
아침 해에
가야금 소리로
피는 꽃을 아시는가
무주 남원 석류꽃을……

석류꽃은
영원으로
시집가는 꽃.
구름 너머 영원으로
시집가는 꽃.

우리는 뜨내기
나무 기러기
소리도 없이
그 꽃가마
따르고 따르고 또 따르나니……

어느 가을날

월부 천이 장사의 월부 천이에 싸여 업혀서
칭얼대던 어린것은 엄마 등에 잠들고

하늘 끝 거무야한 솔무더기 위에는
내 학업의 중단을 걱정하시던
돌아가신 아버지의 반쯤 돌린 야위신 얼굴.

왜 그 여자 월부 천이 장사의 느린 신발 끄는 소리는 들리지 않는가.
다아 닳은 흰 고무 신발 끄는 소리는 인제 들리지 않는가.
누가 영 밑천이 안 되게 아주 떼어먹어 버렸는가.
왜 그 닳은 고무신 끄는 소리마자 이 가을은 들리지 않는가.

* 편집자주—마지막 행의 '닳은'은 시집에는 '흰'으로 되어 있으나, 『서정주문학전집』 표기
를 따랐다.

산수유 꽃나무에 말한 비밀

어느 날 내가 산수유 꽃나무에 말한 비밀은
산수유꽃 속에 피어나 사운대다가……
흔들리다가……
낙화하다가……
구름 속으로 기어들고,

구름은 뭉클리어 배 깔고 앉았다가……
마지못해 일어나서 기어가다가……
쏟아져 비로 내리어
아직 내 모양을 아는 이의 어깨 위에도 내리다가……

빗방울 속에 상기도 남은
내 비밀의 일곱 빛 무지개여
햇빛의 프리즘 속으로 오르내리며
허리 굽흐리고

나오다가……
숨다가……
나오다가……

경주소견慶州所見

아무도 이것을 주저앉힐 힘이 없는 때문이겠지,
왕릉들은 노랑 송아지들을 얹은 채
애드발룬처럼 모조리 하늘에 두웅둥 떠돌아다니고,
사람들은 아랫두리를 벗은 어린아이 모양이 되어
그 끈 밑에 매어달려 위험하게 부유하고 있었다.

토함산에 올라서니
선덕여왕릉이지 아마
그게 시월상달 석류 벙그러지듯 열리며
웬일인지 소리 내어 깔깔거리고 웃으며
산山 가슴에 만발하는 철쭉꽃밭이 돼 딩굴기 시작했다.

누가 그러는가 했더니
석굴암에 기어들어가 보니까
역시 그것은 우리의 제일 큰 어른 대불大佛이었다.

선덕여왕의 식지의 손톱께를 지그시 그 웅뎅이로 깔아
자즈라지게 웃기고,

또 저 뭇 왕릉들이 즈이 하늘로 가 버리는 것을

그 살의 중력으로 말리고 있는 것은……

강릉의 봄 햇볕

진달래 갈매기 소리로
갈매기 진달래 소리로
분홍 불 켜며
소금도 치며
단단한 어금니로
돌산 어금니로
"이 머스마 왜 이럽나!"
깔깔거리고 내려오는
칡꽃 같은 눈을 가진
처녀 들어 있나니……

무제

피여. 피여.
모든 이별 다 하였거든
박사博士가 된 피여.
인제는 산그늘 지는 어느 시골 네 갈림길
마지막 이별하는 내외같이
피여
홍역 같은 이 붉은 빛갈과
물의 연합에서도 헤여지자.

붉은 핏빛은 장독대 옆 맨드래미 새끼에게나
아니면 바윗속 굳은 어느 루비 새끼한테,
물기는 할 수 없이 그렇지
하늘에 날아올라 둥둥 뜨는 구름에……

그러고 마지막 남을 마음이여
너는 하여간 무슨 전화 같은 걸 하기는 하리라.
인제는 아조 영원뿐인 하늘에서
지정된 수신자도

소리도 이미 없이
하여간 무슨 전화 같은 걸 하기는 하리라.

나는 잠도 깨여 자도다

그대 손 위에
버꾸기 앉어 울어
내 마음의 만해萬海 해변엔
해당화 분홍 불이 붙고

그대
바다를 재워
부는 피리 소리에
내 마음의 바다는 황금 가락지를 끼고

그대 루비의 산에서 내리는 루비의 방울
내 마음의 해저海底에 가라앉아
우황 앓는 소처럼
나는 잠도 깨여 자도다.

나그네의 꽃다발

내 어느 해던가 적적하여 못 견디어서
나그네 되여 호을로 산골을 헤매다가
스스로워 꺾어 모은 한 옹큼의 꽃다발
그 꽃다발을 나는
어느 이름 모를 길가의 아이에게 주었느니.

그 이름 모를 길가의 아이는
지금쯤은 얼마나 커서
제 적적해 따 모은 꽃다발을
또 어떤 아이에게 전해 주고 있는가?

그리고 몇십 년 뒤
이 꽃다발의 선사는 또 한 다리를 건네어서
내가 못 본 또 어떤 아이에게 전해질 것인가?

그리하여
천 년이나 천오백 년이 지낸 어느 날에도
비 오다가 개이는 산 변두리나

막막한 벌판의 해 어스름을
새 나그네의 손에는 여전히 꽃다발이 쥐이고
그걸 받을 아이는 오고 있을 것인가?

서정주문학전집

시인의 말

나이 쉰여덟이나 되어서 겨우 자기 문학의 전집을 가지게 된다는 것은 별로 부지런한 꼴도 되지는 못하지만, 적당한 게으름의 덕으로 그래도 목숨을 부지하고 문학을 해온 나 같은 사람의 마음의 걸음걸이로는 자족해야 할 일인 성싶다.

내가 1936년 정월 초하룻날에 동아일보 신춘현상문예의 시부에서 「벽」이란 소품으로 당선해서 문단에 발을 들여놓은 지 벌써 37년이 가까운 동안에, 겨우 이 전집 다섯 권에 수록된 이만큼 한 것밖에는 쓰지 못했다는 것은 내 욕심에 흡족한 것은 되지 못하지만, 결국은 요만큼밖에 안 된 것도 내 능력 그대로이니 할 수 없는 일이다.

그러나 섭섭하다면 섭섭한 것은, 내가 다난한 환경에 덧붙여서 또 다난한 자기를 지탱해 살아 오느라고, 1936년 이래 여기저기 신문 잡지에 발표해 온 글들을 제대로 스크랩도 다 해 오지 못한 데다가, 또 1950년의 동란 뒤 3년간의 갈피 못 차리던 유랑으로 그나마 가졌던 것들마저 적지 아니 없어져서, 내가 쓴 것의 전경을 여기 보일 수 없이 된 일이다. 제자와 후배들 가운데는 자기들이 그것들을 다시 수집해 보겠다고 원해 오는 이도 더러 있긴 하지만, 이것은 된다 하더라도 상당한 세월을 두고 뒷날을 기다릴 밖에 없는 일이겠다.

나는 내가 뒤에 이렇게 전집을 내게 되리라 예정하고, 그 준비까지도 하고 살 만큼 팔자 편하게 산 사람이 아니어서 이렇게쯤 되었고, 또 곰곰 생각해 보면 이런 식도 한 맛이라면 맛이기도 하긴 할 것이니, 그쯤 이해 있으시길 바란다.

끝으로, 나를 아끼어 이 전집을 만드노라고 많은 수고를 하신 일지사 김성재 사장과 이기웅 시우, 그 밖의 여러분에게 충심으로 감사의 뜻을 표한다.

1972년 10월
관악산 봉산산방에서

예시禮詩

부처님 오신 날

― 1968년 5월

사자獅子가 업고 있는 방에서
공부하던 소년들은
연꽃이 이고 있는 방으로
1학년씩 진급하고,

불쌍한 아이야.
불쌍한 아이야.
세상에서 제일로 불쌍한 아이야.
너는 세상에서도 제일로
남을 불쌍히 여기는 아이가 되고,

돌을 울리는 물아.
물을 울리는 돌아.
너희들도 한결 더 소리를 높이고,

만 사람의 심청이를 가진
뭇 심봉사들도
바람결에 그냥 눈을 떠 보고,

텔레비여.
텔레비여.
도솔천 너머
무운천 비상비비상천 너머
아미타 불토의 사진들을 비치어 오라, 오늘은······

삼천 년 전
자는 영원을 불러 잠을 깨우고,
거기 두루 전화를 가설하고
우리 우주에 비로소
작고 큰 온갖 통로를 마련하신
석가모니 생일날에 앉아 계시나니.

조국

누군가.
한 그릇의 옛날 냉수를
조심조심 떠받들고
걸어오고 계시는 이.
한 방울도 안 엎지르고
받쳐 들고 오시는 이.

구름 머흐는 육자배기의 영원을,
세계의 가장 큰 고요 속을,
차라리 끼니도 아니 드시고
끊임없이 떠받들고 걸어오고만 계시는 이.

누군가.
이미 형상도 없는 하늘 속 텔레비로
한라산에서 백두산까지
밤낮으로 쉬임 없이 받쳐 들고 오시는 이.

누군가.

한 그릇의 옛날 냉수를
한 방울도 안 엎지르고
받쳐 들고 오시는 이.

조국아.
네 그 모양 아니었더면
내 벌써 내 마지막 피리를
길가에 팽개치고 말았으리라.

3·1아, 네 해일 그리며 살았었느니

— 3·1절 쉰 돌에

천년을 짓누르면 망하는가 했더니,
천년을 코 막으면 막히는가 했더니
무슨 힘, 무슨 꼬투리로
이 생명, 이 핏줄기 이리도 오래 살아왔느뇨.

마늘이냐, 고추냐, 쑥 잎사귀냐.
우리의 숨결 속엔 뼈다귀 속엔
무엇이 들어서 아리게 하여
죽여도 다시 살아 일어서 왔느뇨.

산 채로 입관되는 수없는 소년들,
부둥켜안은 채 소살燒殺되는 청년 남녀로
우리는 수없는 산ㅂ을 싸면서도
목숨보단 더 질기게 살아서 오고,

코에는 코뚫이, 목에 고삐 찬
장으로 끌려가는 소처럼 몰리면서도
마음과 울음으로는 너만 그려 살았었느니

3·1아, 네 폭풍, 네 해일만을 그려 살았었느니.

3·1아.
천지와 역사 속에서는 제일 맵고도 쓴
3·1아.
죽은 모든 이 나라의 망령과
아직 생기지 않은 미래 영원의 우리 자손을
두루 살린 3·1아.

3·1절 50년을 맞이하는 오늘.
3·1아, 네 힘으로 다시 산
삼천만 겨레 여기 모여 고개 숙여
백두산서 내려오신 단군 할아버지와 함께
그 죽지 않는 매움에 젖어 있도다.
젖어서 있는 것만이 가장 큰 영광이로다.

쉰세 돌 3·1절에

1919년 3·1운동에 학살된
할아버지와 아버지의 묶인 손발의 뼉다귀들
아직도 덜 삭은 채 땅에 묻히어
우리 발바닥에 감전해 올라오나니……

허리에 쇠고랑을 차고
하반신 돌이 다 되어 가는 무기수직—
우리 머리와 사지에 울리어
부르르 부르르 경련시키나니……

우리 아들들의 차단된 행군
그 녹슨 총대에도 쩌르르르 울려,
차라리 콜레라균이 되겠다는—
콜레라균이 되어 북쪽의 제 여자와 같이 죽어서
한마음의 무덤이라도 되겠다는
청년 시인도 다 생겨나 있나니……

조국이여.

한 사람의 간디도,
한 개의 인도식 통일도 못 가지는
너무나 가난키만 한 조국이여.

하나의 쬐그만 대나무 피리—
남과 북의 반 토막씩의 합죽으로 된
서러운 외마디의 피리 소리라도 되어다오.

신라 통일 때 김유신과 김법민의 마음이 합해 되었던
저 호젓한 만파식적의 피리 소리
그 소리의 반만큼 한
아주 쬐그만 피리 소리라도 인제는 되어다오. 되어다오.

* 콜레라균 운운조—고은의 시「휴전선 언저리에서」.

어머니
— 어머니날에

"애기야……"
해 넘어가, 길 잃은 애기를
어머니가 부르시면
머언 밤 수풀은 허리 굽혀서
앞으로 다가오며
그 가슴속 켜지는 불로
애기의 발부리를 지키고

어머니가 두 팔을 벌려
돌아온 애기를 껴안으시면
꽃 뒤에 꽃들
별 뒤에 별들
번개 뒤에 번개들
바다에 밀물 다가오듯
그 품으로 모조리 밀려 들어오고

애기야
네가 까뮈의 「이방인」의 뫼르쏘오같이

어머니의 임종을 내버려 두고
벼락 속에 들어앉아 꿈을 꿀 때에도
네 꿈의 마지막 한 겹 홑이불은
영원과, 그리고는 어머니뿐이다.

신년 유감
— 1965년 1월 1일

'딸라' 값은 해마다 곱절씩 오르고
원화 값도 해마다 곱절씩 내리고
우리 월급 값도 해마다 반값으로 깎이어
너절하게 아니꼽게 허기지게만 사는 것도 괜찮다.

사랑
언약
교통
그런 것들의 효과마저도 해마다 반값으로 줄이어
내가 너와 거래하는 일마저도
모두 다 오다가다 중간쯤에서 그만두어 버리는 것도
또한 괜찮다.

중간도 어렵거든
4분지 1쯤에서
8분지 1쯤에서
작파해 버리는 것도 물론 괜찮다.

어차피 맴돌다 날아오르는 회오리바람.

가벼이 땅 디디어 몸부림치다 날아오르는 회오리바람.

회오리바람의 걸음이라면

일어선 자리가 바로 저승인들 어떤가?

그렇지만

어찌할꼬?

어찌할꼬?

너와 내가 까놓은

저 어린것들은 어찌할꼬?

아직 서지도 걷지도 모국어도 바로 모르는

저 깡그리 까놓은

저 애숭이것들은 어찌할꼬?

스무 살부터 일흔 여든까지의

우리 성인의 한 대代쯤이야 공꺼라도 무엇이라도 괜찮다.

그렇지만

너하고 내가 깐 저 어린것들
우리보다도 더 공껏이 되면 어찌할꼬?

바닷물은 반참 때
— 1969년 새해의 시

조금인가 했더니
바닷물은
반참 때

쑥뿐인가 했더니
미나리도
새 움 나고

올 설날
공기 속엔
오랜만에 고조모님

곰이었다가
마늘 먹고
하느님 며느리 되었다는
단군님의 어머님도 납시었어라.

파장은

그끄저께
내일모렌 새 장날

영남의 메주도
호남의 장구도
강원도 쟁깃날도
모두 새로 나오리.

단군님의 할아버님
하느님께서도
관음보살께서도

우리 새 장 보시려고
발걸음 옮기시는 것
또 새로 보이나니……
또 새로 들리나니……

찬가

― 겨울 한라산에 부쳐, 한국일보 창간 14돌

빛을 모아,
해와 달과 별의 염통과 눈의 빛을 모아,

그대
사랑의 마디마디의 금강석
구름 위에
영원을 비춰고,

바람비와 번개와 벼락
그대의 정수리를
수없이 몰아쳐도,
지혜의 맑은 호수
거기 걸러 담을 뿐,

물결을 보내,
어버이의 당부같이
끊임없는 사랑의 물결을 보내,
뭇 뭍의 발부리를

어루만지고 타이르고
타이르고 어루만지고만 있느니.

그대 어깨 위에
소금발처럼 쓰리게 배어 나는
하이연 하이연 눈서리의 흔적이여.
말하지 않는 인고의 거룩한 장식이여.
우리 다만 머리 숙여
그대 찬양할 말을 차마 찾지 못하여라.

이 신문에서는
— 전북일보 창간 16주에 부쳐

이 신문에서는
소나무보다는 더 좀 좋은
오갈피 향나무 같은 무슨 냄새가 나라.
단군 어머니 곰 같은 무슨 냄새도 나고,
그러고는
신시神市의 아침의 음성이 들려라.
이 신문에는
제일 밝은 금강석의 시력,
한밤중에 잃은 바늘도 찾아내는 시력,
춘향이네의 심청이네의 무슨 감기 처방도
두루 다 골고루 잘하는 시력,
그러고는
어느 밤에도
늘 동포들의 진 데 밟을 것을 염려해 섰는
저 정읍사의 여인의 인정이 있거라.
새벽은
늘 노고지리 앞장서고,
서리 오는 밤 소식은

기러기 되어 지붕마다 뿌리라.

전북일보 네게는

늘 서른석 새[겹] 순 무명베의 올바른 경위$經緯$,

전주 창호지같이 잘 울리는 신경,

이몽룡의 장갓날의 미나리 나물맛 같은

전라도 풍류도 진짜 있어라.

영령들이여
— 제10회 현충일에 부친다

여느 색채는
프리즘을 타고
태양까지만 오고 가지만
영령들이여 영령들이여,
그대들의 핏빛은
그 센 사랑으로
프리즘보다도
훨씬 더 멀리멀리 가고 오시리.

마음이여 마음이여,
조국과 세계의 영원한 자유와 평화를 지켜
어느 사랑의 우주선보다도 더 빨리
더 빨리
우리 역사의 혈맥을 돌고 있는 마음이여.

맑은 날
잘 들리는
어느 시내전화보다도

훨씬 더 우리에게 잘 들리는 마음이여!

형체 있는 우리가
형체 없어 순수해지신 그대들 뒤에 남아,
그 힘 그 사랑 그 성실에 몸 매어 엎으려져 곡하나니.
엎으려져 곡하나니.

범산 선생 추도시

당신과 동행을 하기라면
어느 가시덤불 돌무더기
영원을 가자 해도
피곤하지 않아서 좋습니다.

참으로 좋으신 웃음.
항시 샘솟아나는 참으로 좋으신 웃음.
무슨 연꽃과 연꽃 사이
웃는 바람 마을의 고향에서 오시는지
그 웃음이 우리의 노독을 잊게 합니다.

당신이 고단하시다거나
아프시다거나
별세하신 사실을
우리는 모릅니다.
그 웃음에 가려
딴것은 우리 눈에 보이지 않습니다.

당신은 지금도 당신의 영원을 우리와

동행하시면서

쩡쩡한 우리를 그 웃음으로 위로하시고

가는 길을 편하게 하시고

햇빛을 다정하게 되살려 내고 계실 뿐입니다.

* 편집자주—범산梵山은 승려이자 독립운동가인 김법린(1899~1964)의 호.

4·19혁명에 순국한
　소년 시인 고 안종길 군의 영전에

거울은 흐리도다.
금강석의 부신 빛도
오히려 어스름이로다.

억만 년 쌓여 자던 하늘의 귀신들을 일깨우며
거기 새로 터 잡아 앉는 이 영위에 비해서는……

산 삼천만의 피는 불순이로다.
그저 이 아프게 매운 피 그리워서 울 뿐.

영위여, 영위여, 이 겨레의 넋의 하늘에
성소년聖少年의 새 맥줄 놓는 성영위聖靈位여!

내 그대의 입에 물린 시의 피리의 가락을 아노라고

어찌 감히 마주 바래 서리요……

허리 꺾어 그 어린 신바닥 밑 눈물 뮈어 적실 뿐……

후기― 4·19혁명에 16세로 순국한 고 안종길 군은 이번 혁명에 참가한 유일한
시인으로 순국 당시 경복고교 2년에 재학중이었다. 그 뒤 가족 측에서 그
의 유고 시선 『봄·밤·별』을 발간했을 때 필자는 그가 생전 내 문하에 드
나들었던 인연으로 그 편집에 관여했었다.

찬성
—신년시, 1963년 1월 1일

토끼여, 찬성이로다.
용궁 낙성연의
너비아니 얻어먹을 생각,
삼팔 마고자도
한 벌 얻어 입을 생각,
토끼여 찬성이로다.

토끼여.
이러한 그대의 구차한 생각,
그대의 그런 아방뛰이르
두루 찬성이로다.

그러고 토끼여.
만 길 운명의 바다 위에 드러난 사실,
떨리는 네 간장,
네 거짓말도 찬성이로다.

그러고 토끼여.

맞속이어 돌아오는 거북이 등 위의
아찔한 아찔한 스릴의 바람,
되돌아와 밟아 보는 고토故土,
다시 역시 먹게 된 도토리 도토리,
그것도 찬성이로다.

말에게 부쳐
— 병오丙午 신년시

말아!
절벽이 막아
바다가 막아
더 달리지 못하고
카랑하고 글썽한 눈으로
멈춰만 섰는 말아!

인제는 믿어도 좋으냐?
너도 나를 닮아
신시神市가 고향인 말아!
닫힌 하늘의 포장을 뚫고
인제는 더 달려갈 것을 믿어도 좋으냐?

빼 두었던 어깨의 뼈를
내 다시 두 어깨에 꽂으리니,
말아,
천년 모두었던 네 힘을 네 발에 내
백두산으로

압록강으로
또 옛 우리의 영토 블라디보스독으로
흑수, 말갈로
치달려 갈 것을 믿어도 좋으냐?

말아
안나 까레니나의 애인의 말같이
우리 사랑의 맨 앞을 서면서도
안나 까레니나의 애인의 말같이
너는 달리다가 거꾸러지지는 않을 터이지?

말아!
베트남으로
중공으로
흑수, 말갈로
블라디보스독으로
우리 의분과 사랑의 칼을 날려
달려갈 것을 믿어도 좋으냐? 믿어도 좋으냐?

다시 비정의 산하에
―1966년 8월 15일

1945년 8월 15일
일본인의 종노릇에서 풀리어나던 때
흘린 눈물 질척거리던 예순 살짜리들은
인제는 거의 다 귀신 되어
어느 골목에서도 보이지 않고,
그날 미소 양군 환영美蘇兩軍歡迎의 플래카아드를 들고
서울역으로 몰려가던 이, 삼, 사십 대
인제는 거의 늙어
낡은 파나마를 머리에 얹고
파고다 공원에서 환갑을 맞이하고,

그날 어머니의 젖부리에 매어달려
해방이 무엇인 줄도 모르던 애기들
인제는 자라서
무직無職과 플래카아드와 파고다 공원과 귀신 노릇을 배우고

탈색과 표백은 아직도 덜 되었는가?
백의동포여.

356

평양 같은 언저리,
납치되어 산 채로 빨랫줄에 말리어지는
기화氣化하는 수만 미이라의 소리 들린다.
이 표백과 탈색은 언제쯤 끝나는가?

새로 나갈 길은
하늘에서도 땅에서도
베트남뿐이다.
베트남뿐이다.

8·15의 은어隱語

스물세 해 전 오늘
미소 양군이 서울역에 내린다고
우리는 흥분해서 환영을 나갔었지.
나는 마포 잠방이 바람으로 미군을 맞으러
옆집 막동이는 나무 샌들 끌고 로스께를 맞으러……
그렇지만 미소 양군은 이날은 없고
한 달쯤 뒤에 서울과 평양으로 나누어서 나타났지.
웃기네.

미소 양군이 우리나랄 신탁통치해 달라고
몽양 여운형이는 대학생을 꼬여 데모를 하고
이 박사와 우리들은 결사반대한다고
사방에서 주먹을 쓰고 싸웠지.
여러 군데 유리창을 마구 잘 깨뜨려 놓았지.
웃기네.

1948년 8월 15일
대한민국 정부 수립 기념일에는

키 큰 맥아더 원수의 가슴패기에 안겨서
이승만 박사가 잘 봐 달라고 했었지.
"아무렴, 그렇고말고······"

그렇지만 6·25사변이 났을 땐
맥아더는 좀 늦게 와서
우리 쓸 만한 인사들은 반나마 평양으로 납치돼 가 버렸지.
처자들은 서울에 두고 함흥차사 되어 가서
빨랫줄에 빨래처럼 매어달려 표백하다가
반쯤은 죽고
반쯤은 죽을 날만 기다리고 있는가?
웃기네.

웃기네.
6·25사변과 1·4후퇴의
긴 4년의 피난살이도 피난살이였지만
1960년에 이 박사가 올빼미표 선거를 하게 두고
중고등학생들을 광화문 네거리에서 총으로 쏘게 한 건

웃기네.

이 민족 제일 원로 이렇게 되신 것
사람 웃기네.

월남에 간 우리 병정들은
그곳 아가씨들이 작별 인사를 물으면
"웃기네"라고 해
헤어질 땐 이 "웃기네"를 안녕히 대신으로 쓴다나.

안녕히,
안녕히,
해방 23년이여
웃기네. 안녕히……

근작 시편
— 시집 『동천』 이후

사경四更

이 고요에
묻은
나의 손때를

누군가
소리 없이
씻어 헤우고

그 씻긴 자리
새로
벙그는

새벽
지샐 녘
난초 한 송이.

방한암方漢岩 선사

난리 나 중들도 다 도망간 뒤에
노스님 홀로 남아 절마루에 기대앉다.

유월에서 시월이 왔을 때까지
뱃속을 비우고
마음 비우고
마음을 비워선 강남으로 흘려보내고
죽은 채로 살아
비인 옹기 항아리같이 반듯이 앉다.

먼동이 트는 새벽을 담고
비인 옹기 항아리처럼 앉아 있는 걸
수복해 온 병정들이 아침에 다시 보다.

단상斷想

구름은 동으로,
물은 서으로,
여러 새 우는 여러 산 옆을
고삐에 풍경을 단 소처럼 지내와서
나는 발아래 못물을 본다,
발아래 고인 못물을 본다.

모란 그늘의 돌

저녁 술참
모란 그늘
돗자리에 선잠 깨니
바다에 밀물
어느새 턱 아래 밀려와서
가고 말자고
그 떫은 꼬투리를 흔들고,
내가 들다가
놓아둔 돌
들다가 무거워 놓아둔 돌
마저 들어 올리고
가겠다고
나는 머리를 가로젓고 있나니……

백일홍 필 무렵

주춧돌이 하나 녹아서
환장한 구름이 되어서
동구 밖으로 걸어 나가고 있었지.
칠월이어서 보름 나마 굶어서
백일홍이 피어서
밥상 받은 아이같이 너무 좋아서
비석 옆에 잠시 서서 웃고 있었지.
다듬잇돌도
또 하나 녹아서
동구로 떠나오는 구름이 되어서……

서경敍景

달이 좋으니 나와 보라고 하여
아내한테 이끌리어 나가서 보니
두 마리에 동전 한 닢짜리 새의 무리들
두 다리 잘린 채 저리도 잘 날으는
연습은 언제부터 그리 잘된 것인가,
인제는 이조 백자의 무늬의 새보단도
더 유창히 달의 한켠을 썩 잘 날으고,
달의 다른 한켠엔
모진 비바람에 쓰러져 누운
크낙한 느티의 고목나무 한 그루.
또 사실은 나도 아내도 다리 없는 새로서
인제 보니 그 달의 둘레를
아조 멋들어지겐 썩 잘 날으고 있었다.

역사여 한국 역사여

역사여 역사여 한국 역사여
흙 속에 파묻힌 이조 백자 빛깔의
새벽 두 시 흙 속의 이조 백자 빛깔의
역사여 역사여 한국 역사여.

새벽 비가 개이어 아침 해가 뜨거든
가야금 소리로 걸어 나와서
춘향이 걸음으로 걸어 나와서
전라도 석류꽃이라도 한번 돼 봐라.

시집을 가든지, 안상객安上客을 가든지
해 뜨건 꽃가마나 한번 타 봐라.
내 이제는 차라리 네 혼행 뒤를 따르는
한 마리 나무 기러기나 되려 하노니.

역사여 역사여 한국 역사여
외씨버선 신고
다홍치마 입고 나와서

울타릿가 석류꽃이라도 한번 돼 봐라.

이런 나라를 아시나요

밤 삼경보다도
산속
중의 참선보다도
조용한 꿈보다도
더 쓸쓸하고 고요한 사람만이 사는
나라를 아시나요?

말은 오히려 접어서 놓아둔
머언 나들이옷으로
옷걸이 속 횃대에 걸어만 놓고 지내는
그런 사람만이 사는 나라를 아시나요?

육체가 세계에서 제일로 싼 나라.
한 딸라면 양귀비 두엇을 사고도 남는 나라.
그렇지만 마음만은
절대로 팔지 않는 나라.
전당쯤은 잡혀도
절대로 아주 팔지는 않는 나라.

이천 년 합방에도 그건 그랬던 나라.

이 전당 찾아서 고향 가는 것도
또 기다리자 약속하기라면
냉수와
쌀과
김치만으로
또 일만 년은 누구나 기다릴 수 있는 나라.

그러기에
해도 여기에 와서는
미안한 연인마냥
그 두 눈을 살짝 외면하는 것이
보이는
그런 나라를 아시나요?

한라산 산신녀 인상

잉잉거리는 불고추로
망가진 쑥이파리로
또 소금덩이로
서귀포 바닷가에 표착해 있노라니
한라산정의 산신녀
두레박으로 나를 떠서 길어 올려
시르미 난초밭에 뉘어 놓고 간지럼을 먹이고
오줌 누어 목욕시키고
탐라 계곡 쪽으로 다시 던져 팽개쳐 버리다.
그네 나이는 구백억 세,
그 자디잔 구백억 개 산도화 빛 이뿐 주름살 속에
나는 흡수되어 딩굴어 내려가다.
너무 어두워서 옷은 다 벗어 찢어 횃불 붙여 들고
기다가 보니 새벽 세 시
관음사 법당 마루에 가까스로 와 눕다.
누가 언제 무슨 핀세트로
구백억 개 그네의 그 산도화 빛 주름살 속에서
나를 되루 집어내 놓았는지

나는 겨우 꺼내여진 듯 안 꺼내여진 듯
이해 한 달 열흘을 꼽박 누워 시름시름 앓다.

우리 데이트는
— 선덕여왕의 말씀 2

햇볕 아늑하고
영원도 잘 보이는 날
우리 데이트는 인젠 이렇게 해야지.—

내가 어느 절간에 가 불공을 하면
그대는 그 어디 돌탑에 기대어
한 낮잠 잘 주무시고,

그대 좋은 낮잠의 상賞으로
나는 내 금팔찌나 한 짝
그대 자는 가슴 위에 벗어서 얹어 놓고,

그리곤 그대 깨어나거던
시원한 바다나 하나
우리 둘 사이에 두어야지.

— 우리 데이트는 인젠 이렇게 하지.
햇볕 아늑하고
영원도 잘 보이는 날.

무궁화 같은 내 아이야

손금 보니
너나 내나 서릿발에 기러깃길
갈 길 멀었다만
창피하게 춥다 하랴.
아이야.
춥거든
아버지 옥양목 두루마기 겨드랑 밑
들어도 서고
이 천역살 다 풀릴 날까지
밤길이건 낮길이건 걸어가 보자.
보아라,
얼어붙는 겨울날에도
바다는 뭍을 뚫고 들어와서
손바닥의 잔금같이
이 나그네의 다리 밑까지 밀려도 드는구나.
아이야.
꿈에서 만났거든
깨어 헤어도 지면서,

꿈에서 헤어졌건

생시에 다시 만나기도 하면서,

아이야.

하늘과 땅이 너를 골라

영원에서 제일 질긴 놈이 되라고 내세운 내 아이야.

무궁화 같은 내 아이야.

너를 믿는다.

끝까지 떨어지지 말고 걸어가 보자.

내 아내

나 바람나지 말라고
아내가 새벽마다 장독대에 떠 놓은
삼천 사발의 냉숫물.

내 남루와 피리 옆에서
삼천 사발의 냉수 냄새로
항시 숨 쉬는 그 숨결 소리.

그녀 먼저 숨을 거둬 떠날 때에는
그 숨결 달래서 내 피리에 담고,

내 먼저 하늘로 올라가는 날이면
내 숨은 그녀 빈 사발에 담을까.

뻐꾸기는 섬을 만들고

뻐꾸기는
강을 만들고
나루터를 만들고

우리와 제일 가까운 것들은
나룻배에 태워서 저켠으로 보낸다.

뻐꾸기는
섬을 만들고
이쁜 것들은
무엇이든 모두 섬을 만들고

그 섬에단, 그렇지
백일홍 꽃나무나 하나 심어서
먹기와의 빈 절간을……

그러고는 그 섬들을 모조리
바닷속으로 가라앉힌다.

만 길 바닷속으로 가라앉히곤
다시 끌어올려 백일홍이나 한번 피우고
또다시 바닷속으로 가라앉힌다.

춘궁

보름을 굶은 아이가
산 한 개로 낯을 가리고
바위에 앉아서
너무 높은 나무의 꽃을
밥상을 받은 듯 보고 웃으면

보름을 더 굶은 아이는
산 두 개로 낯을 가리고
그 소식을
구름 끝 바람에서
겸상한 양 듣고 웃고

또 보름을 더 굶은 아이는
산 세 개로 낯을 가리고
그 소식의 소식을 알아들었는가
인제는 다 먹고 난 아이처럼
부시시 일어서 가며 피식히 웃는다.

꽃

꽃아.
저 거지 고아들이
달달달 떨다 간
원혼을 헤치고
그보단도 더 으시시한
그 사이의 거간꾼
왕초며
건달이며
꼭두각시들의 원혼의 넝마들을 헤치고
새로 생긴 애기의
누더기 강보 옆에
첫국밥 미역국 내음새 속에
피어나는
꽃아.
쏟아져 내리는
기총소사 때의
탄환들같이
벽도

인육도
뼉다귀도
가리지 않고 꿰뚫어 내리는
꽃아.
꽃아.

음력 설의 영상影像

형이 접은
닥종이의
접시꽃은
육칠월의 꼭두서니
미리 당겨 묻히어
고깔 우에 벙글고,

누님이 쑨
식혜 국의
엿기름 냄새 속엔
벌써 숨어 우지지는
사월,
청보리밭
치솟우는 종달새.

아저씨는
어깨 우에
아무 애나 하나

올려 세워
마후래기 춤 추이고,

내려놓곤
패랭이 끝 열두 발 상무
하늘 끝 대어
열두어 번
내두르고,

나는 동산 너머
내 새 연을 날리고
황동이는 황동이의 새 연을 날린다.
우리 연이 엇갈리어
어느 편이 나가거나
나가면 "나간다!" 소리치며
먼 하늘 따라가고……

나룻목의 설날

바다는
얼지도 늙지도 않는
울 너머 누님 손처럼
오늘도 또 뻗쳐 들어와서

동지 보리 자라는
포구 나룻목.

두 달 뒤의 종달새
석 달 뒤의 진달래 불러
보조 석공 아이는
돌막을 빻고

배 팔아 도야지를 기르던 사공
나그네의 성화에 또 불려 나와
쇠코잠방이로
설날 나그네를 업어 건넨다.

십 원이 있느냐고
인제는 더 묻지도 않고
나그네 배때기에
등줄기 뜨시하여
이 시린 물 또 한번 업어 건넨다.

보릿고개

사월 초파일 버꾹새 새로 울어
물든 청보리
깎인 수정같이 마른 네 몸에
오슬한 비취의 그리메를 드리우더니

어디 만큼 갔느냐, 굶주리어 간 아이.
오월 단오는
네 발바닥 빛갈로 보리는 익어
우리 가슴마닥 그 까슬한 까스라길 부비는데……

버꾹새 소리도 고추장 다 되어
창자에 배이는데……
문드러진 손톱 발톱 끝까지
얼얼히 배이는데……

* 편집자주─이 시는 첫 발표지인 『서라벌 문학』(5집, 1969) 표기를 따랐다(빠꾹새 → 버꾹새, 어느
→ 어디, 빛깔 → 빛갈, 가슴마다 → 가슴마닥, 가스라기를 → 까스라길, 배는데 → 배이는데).

백월산찬白月山讚

누깔 좋은 독사 서른여나무 마리 몰려와서
입학하겠다 해서 강의해서 가르쳐서
누깔 좋은 산봉우리 서른여나무 개 망그라 놓고,
해가 지고 달이 떠서
이뿐 여자가 찾아와서
단둘이서 순 누드로
목욕을 하고 있었지.
사타구니에 달린 것쯤은 전연 잊어버리고
단둘이서 낄낄거리고 목욕을 하고 있었지.
황해 너머
중국 황제의 연못 물속에까지도
이 밤 우리 산 모양은 썩 잘 가서 비치였었지.
아무렴, 짚세기 벗어 논 것까지
아조 썩 잘 가서 비치였었지.

* 편집자주─이 시는 시작 노트에서 몇 가지 시어를 반영했다(눈깔→누깔, 여남은→여나무, 망그
러→망그라, 이쁜→이뿐).

내 데이트 시간

내 데이트 시간은
인제는 순수히 부는 바람에
동으로 서으로 굽어 나부끼는
가랑나무의 가랑잎이로다.

그대 집으로 가는 길
도중에 섰는 갈대
그 갈대 위의 구름하고도
깨끗이 하직해 버린 내 데이트 시간은

이승과 저승 사이
그 갈대의 기념으로
내가 세운 절간의 법당에서도
아조 몽땅 떠나와 버린 내 데이트 시간은

인제는 그저 부는 바람 쪽
푸르른 배때기를
드러내고 나부끼는

먼 산 가랑나무 잎사귀로다.

할머니의 인상

할머니는 단군 적 박달나무 신발을 신고
두루미 우는 손톱들을 가졌었나니……
쑥 같고 마늘 같고 수숫대 같은
숨 쉬는 걸 조금 때 가르쳐 준 할머니는……

남해 보타낙가 산정

앗흐 클라이막스!
어느 양키 색시가 소리를 질러 보니
거기 우리보단 한 걸음 앞서 오른
정상의 한 쌍 젊은 뱀
허리 얽힌 채 화석 되어 있었다.

소연가小戀歌

머리에 석남꽃을 꽂고
내가 죽으면
머리에 석남꽃을 꽂고
너도 죽어서……
너 죽는 바람에
내가 깨어나면
내 깨는 바람에
너도 깨어나서……
한 서른 해만 더 살아 볼꺼나.
죽어서도 살아나서
머리에 석남꽃을 꽂고
한 서른 해만 더 살아 볼꺼나.

애기의 웃음

애기는 방에 든 햇살을 보고
낄낄낄 꽃웃음 혼자 웃는다.
햇살엔 애기만 혼자서 아는
우스운 얘기가 들어 있는가.

애기는 기어가는 개미를 보고
또 한번 낄낄낄 웃음을 편다.
개미네 허리에도 애기만 아는
배꼽 웃길 얘기가 들어 있는가.

애기는 어둔 밤 이불 속에서
자면서도 낄낄낄 혼자 웃는다.
잠에도 꿈에도 애기만 아는
우스운 하늘 얘긴 꽃펴 있는가.

기억

그 애는 육날 메투릴 신고
손톱에는 모싯물이 들어 있었지.
고구려 때 모싯물이 들어 있었지.
그 애 손톱의 반달 속으로
저녁때 잦아들던 뻐꾹새 소리
나와 둘이 숨 모아 받아들이고,
그 애 손톱의 반달 속에서
다시 뻗쳐 나가는 뻐꾹새 소리
나와 둘이 숨 모아 뻗쳐 보내던
그 계집아이는……

이조 백자를 보며

이조 백자의 밥그릇을 보고 있다가
마당귀의 빨랫줄에 널어 둔 빨래—
내 바지저고리의 하이얀 빨래를
인제는 영원히, 걷어들이지 말까 한다.

6·25사변 때 북으로 납치되어 간
내 형같이 생겨 먹은 빨래—
다시 못 올 형같이 매여 달린 빨래를
인제는 그대로 놓아두어 버릴까 한다.

겨울 황해
— 어느 어부의 말씀

점잖으신 세종대왕님.
한국은행권 100원짜리 속에 앉으시어
이 겨울을 우리에게
25센트의 값으로
수염 점잖으신 세종대왕님.

오늘은
하늘에도 산에도 들녘에도
또 강의 얼음 구먹 속에도
당신의 그 좋으신 수염 보이지 않고,
오직 황해 진펄밭 속의 맛살
바지락 같은 데만 들었다 하여
진종일 알발 벗고 성에 디디고 다니며
당신 한 장 값의
그걸 캐어 이고 나오나니
영원으로처럼 캐어 이고 나오나니.

"우리나라 말씀은

중국과도 달라서……"
내 머리 우에 인
바구니의 조개들 속에
아직도 점잖게 살아 계시어
점잖게 말씀하시는 세종대왕님.
맞습니다.
대왕님 말씀이 맞고말굽쇼.

나루터의 남편은
나룻배를 팔고
인제는 할 수 없이 등으로 업어서 손님들을 건네지만,
업힌 손님들의 살 기운으로
잠시 그때 등때기나 뜨시할는지,
밤 군불 지필 값도 차마 안 되고,

쌀 야달 홉 값의 모양으로 둔갑하면서
하느님의
손자님인

단군님의
소금 자신 말씀으로 노래 부르는
바지락 조개의, 맛살 조개의
살 속에 들어앉으신
세종대왕님.

고춧가루보단도
얼지도 않는 바다보단도
더 매웁고 더 짠
"우리나라 말씀은
중국과도 달라서……"
하신 말씀,
하늘에서도
땅에서도
간 반만년, 올 반만년
딱 들어맞습니다.

석공 1

자식에게 석공 노릇을 가르칠 때
용龍, 봉鳳이나 보살 아니면
좋은 꽃구름이라도
한 송이 새겨 놓고 밤 맞이하는 걸 가르칠걸
내 워낙 머슴살이에 바빠 그걸 못 하여서
자식은 날마닥 제 뼉다귀 울리며 돌만 쪼면서도
맨숭맨숭
네 모로
여섯 모로
맨 모만 새겨 놓고는
여기서 해방될 때는 그 갑갑증으로
불쐬주 집으로 들어가서
누구의 멱살을 잡고
유리창을 깨고
파출소로 들어가는 게 뵌다.
내가 서 있는 지게 진 머슴살이의 저승길에서도
환하게
파출소로 또 들어가는 게 뵌다.

무제

네 두 발의 고무신이 눌러 밟고 간
모래알 모래알 모래알마닥
먼 산 뻐꾸기 울음소리
스며 배이여 햇볕에 울리나니.

어느 들 패랭이에 이걸 옮겨서
어느 바위눈에 이걸 맞춰서
어느 솔그늘에 이걸 달래여서

고요한 눈웃음으로 다시 하리요.
흐르는 풍류로 다시 하리요.

첫 벌 울음소리 바윗가에 들려서

사월 첫 벌 울음소리 바윗가에 들려서
찾아 따라가다가 도장나무 꽃을 본다.
못생긴 도장꽃에도 향기가 있나 싶어
벌이 앉다 날아간 한 꽃 우에 코를 댄다.
그래서 나는 난생처음 알아낸다. ―
도장나무 꽃향기는 난초의 좋은 친구,
난초꽃 향기보단도 못하지 않은 것을……
그러곤 이 덕으로 겨우 생각해 낸다.
월급 받아 술 마셨다 나를 핀잔한다고
못생긴 박아지라 내가 되우 탓했던 ―
제 방에 가 돌아누운 아내의 눈빛을……
박꽃빛 못하진 않은 아내의 눈빛을……

* 편집자주―이 시는 『예술원보』(15호, 1971)에 「발견」이란 제목으로 발표되었다. 시작 노트
에 9행을 새로 추가하고 여러 곳을 수정해놓아 이를 반영했다(찾아낸다 → 알아낸다, 드러누운 →
돌아누운, 눈을 → 눈빛을, 바가지꽃 → 박꽃빛).

어느 신라승이 말하기를

세상이 시끄러워 절간으로 들어갔더니
절간에선 또 나더러 강의를 하라고 한다.

절간도 시끄러워 깊은 굴로 들어갔더니
주린 범이 찾아와 앉아 먹어 보자고 한다.

그래 시방 내게 있는 건
아주 고요하려는 소원과,
내가 흔들리는 날은 당할 호식虎食과,
부르르르 부르르르 잔 소름으로 가라앉아 들어가는
자맥질하는 잠수부의 불어 오르는 고요의 심도뿐이다.

그리고
호랑이는 언젠가 나를 먹기는 먹겠지만
그것은 내가 송장으로 드러누운 뒤일 것이다.
그나마 내 굳은 해골 안에 달라붙은
말라붙은 붉은 고약 같은 내 침묵의 혓바닥까진
이빨을 차마 대지도 못할 것이다.

초파일 해프닝

초파일날은 마지막으로
전쟁 파쇠라도 줏어 팔아
한 오십 원 만들어서
카네숀이라도 찐한 걸로 한 송이 사서
그 속으로 아조 몽땅 꺼져들어 버려라.
히피의 꽃 해프닝이라도 한바탕 해 버려라.
에이 빌어먹을 것!
하늘 땅과 영원의 주인 후보 푼수로
치사하겐 막싸구려 사람 노릇키가
인제 더는 챙피해서 못 참겠구나!

추운 겨울에 흰 무명 손수건으로 하는 기술奇術

이 흰 손수건 속에는
보시는 바와 같이 아무껏도 없습니다.
(탈, 탈, 타알 털어 보인다.)

그렇지만 나옵니다.
감쪽같이 나옵니다.
자, 어떱쇼, 미도파의 여점원
이 사람이 이 손수건을 나한테다 팔았습죠.
(여점원 나와서 손님한테 쌩긋 웃어 보이게 한다.)

(또 한번 손수건을 탈, 탈, 타알 털고)
또 나옵니다.
자— 이번에는
시골서 갓 올라온 색시로 한 개.
고무신에 버선 신고
밀양에서 올라왔네.
무교동 왕대폿집
벌이 좋아 올라왔네.

(이 색시는 끌어다가 뒤에다가 세운다.)

자 ─ 그런데, 여러분, 여러분, 여러분.
이 밀양 색시가
이 손수건더러
오랜만에 참 너무나 반가와 웃긴다네.
즈이 시골 성네 밭에서
따다가 판 목화로 만든 거라네.
밀양 아리랑을 저도 다 먹여서 키운 거라고……

아이 추워
제기 이거야 믿을 수 있나,
어디 밀양 아리랑이나 싫지 않건 또 한번
먹여 보아라.
(날 쫌 보소, 날 쫌 보소, 동지섣달 꽃 본 듯이 날이 날 쫌 보소,
이 색시 밀양 아리랑을 부른다.)

(또 한번 손수건을 탈, 탈, 타알……)

자— 그럼 이번에는 할 수 없이 밀양 목화꽃으로 한 송이.

육자배기도 큰애기 손때도

아주 썩 잘 먹은 목화꽃으로 한 송이.

아이 추워.

그런데 이 겨울에 진짜가 피나,

가짜라도 근사하게 만들어야지.

아이 추워.

(목화 조화造花가 하나 또 손수건에서 불거져 나오시어

왕대폿집 색시의 빈손에 가 쥐어진다.)

(손수건을 또 한번 탈, 탈, 탈, 타알……)

자—

이번엔 마지막으로 어디 한번 크게 놀아 봅시다.

마지막으론 할 수 없지,

할 수 없이 금부처님.

(부처님 요술 상 위에 싸악 버티고 앉히운다.)

부처님, 부처님, 본 대로 말하소.

저 색시가 오백 원 팁 한 장 때문에

입에 침 바르고 거짓부렁하는 건 아니지?
한 장 먹여 줄까? 말까? 줄까?

"정말이다.
한 장
먹여 주어라."
부처님도 제법 호박씩 깐다.

내가 심은 개나리

"참한 오막살이집 모양으로 아주 잘 가꾸었습죠. 이걸 기른 할아버지는 돌아가시고 할머니만 남아 있는데, 혼자 보기는 어렵다고 자꾸 캐가라고만 해서 가져온 나무닙쇼."

내가 올 이른 봄에 새로 사서 심은 개나리 꽃나무를 꽃장수는 내게 팔며 이렇게 말했다.

그래, 나는 이 개나리 꽃나무에서 또다시 이승과 저승의 두 가지를 나란히 갖는다. 혼자서도 인제는 똑바로 보고 있는 할아버지의 저승과, 똑바로는 아무래도 볼 수가 없어 얼굴을 모로 돌리고 있는 할머니의 이승을……

무제

"솔꽃이 피었다"고
천 리 밖 어느 친구가 전화로 말한다.
"이 솔꽃 향기를 생각해 보라"고……
"그 솔꽃 향기를 생각하고 있다"고
나도 한 천 년 뒤를 향해서 속으로 말해 본다.
"이 솔꽃 향기가 짐작되느냐"고……

남은 돌

남은 돌을 보는 것은
남은 아이고

남은 아일 보는 것은
남은 하느님

안주 구이도 샌드위치맨도 두루 만원이어서
외따로 비껴 노는 남은 하느님.

얼찌엉 얼찌엉 남 바둑 두는 거나 기웃거리고 다니는
남은 하느님.

바위옷

일정日政 식민지 조선 반도에 생겨나서,
기생이 되어서, 남의 셋째 첩쯤 되어서,
목매달아서 그 목아지의 노래를 하늘에 담아 버린
20세기의 우리 여자 국창 이화중선.
안개 짙은 겨울날 바위옷 푸르른 걸 보고 있으면
거기 문득 그네의 노랫소리 들린다.
하늘도 하늘도 햇볕도 못 가는
아주 먼 하늘에 가 담겨 오구리고 있다가,
치운 안개를 비집고 다시
우리 반도의 바위옷에 와 울리는
하늘 아래선 제일로 서러웠던 노랫소리를……

싸락눈 내리어 눈썹 때리니

싸락눈 내리어 눈썹 때리니
그 암무당 손때 묻은 징채 보는 것 같군.
그 징과 징채 들고 가던 아홉 살 아이
암무당네 개와 함께 누룽지에 취직했던
눈썹만이 역력하던 그 하인 아이
보는 것 같군. 보는 것 같군.
내가 삼백 원짜리 시간 강사에도 목이 쉬어
인제는 작파할까 망설이고 있는 날에
싸락눈 내리어 눈썹 때리니……

밤에 핀 난초꽃

한 송이 난초꽃이 새로 필 때마다
돌들은 모두 금강석 빛 눈을 뜨고
그 눈들은 다시 날개 돋친
흰 나비 떼가 되어
은하로 은하로 날아오른다.

초원 장제草原長堤 위의 긴 영원을 울던 뻐꾸기 소리들은
그렇다, 할 수 없이 그 고요의
바닷바닥에 가라앉는다.
그대 반지 속의 한 톨 붉은 루비가 되어
가라앉는다.

후기― 뜰에 한 주목朱木을 중심으로 나무들과 돌들의 모양과 빛과 선을 서로 대조
해 조화를 노려 배치해 보듯, 밤에 핀 난초꽃을 핵으로 해서 거기 어울리는
영상들을 간소하게 모아 보았다. 그 효과의 어떤 것은 독자가 알 일이다.

미당 서정주 전집 1

1판 1쇄 발행 2015년 6월 30일
1판 4쇄 발행 2021년 7월 26일

지은이 · 서정주
간행위원 · 이남호 이경철 윤재웅 전옥란 최현식
펴낸이 · 주연선

자료 및 교정 · 김명미 사유진 노홍주
표지 디자인 · 민진기

(주)은행나무
04035 서울특별시 마포구 양화로11길 54
전화 · 02)3143-0651~3 | 팩스 · 02)3143-0654
등록번호 · 제 1997-000168호(1997. 12. 12)
www.ehbook.co.kr
ehbook@ehbook.co.kr

잘못된 책은 바꿔드립니다.

ISBN 978-89-5660-887-7 04810
      978-89-5660-885-3 (전집 세트)